迷宮の扉

横溝正史

角川文庫
23252

目次

迷宮の扉

竜神館のひとびと

東京湾を東と西から抱いている房総《ぼうそう》、三浦のふたつの半島。

この三浦半島のとっさきの、東京湾にめんしたところに観音崎《かんのんざき》の燈台があり、外海にめんしたでっぱなに、城《じょう》が島《しま》の燈台があって、近くを通る船舶の安全を守っていることは、だれでも知っているとおりである。

ところが、この城が島の燈台からほど遠からぬところに、奇妙な建物が建っていて、げんぜんとして太平洋の荒波を、見おろしていることを知っているひとは、あまりたくさんあるまい。

付近のひとはこの奇怪な建物のことを竜神館と呼んでいる。

古くから三崎に住む人の話によると、竜神館が、建てられたのは、いまから十年ほど前、すなわち昭和二十三年ごろのことだという。戦争中このへんいったいは、一種の要塞地帯（軍隊の陣地のあるところ）として、立ち入り禁止区域になっていたのだが、戦後その禁がとかれたので、いちはやくこういう建物が建ったのである。

ちょっと見たところ、異国情緒《いこくじょうちょ》——と、いうよりも、むしろいくらか南国情緒をおびた白亜の建物で、やかたの正面の壁にまるで船のへさきにあるような竜神の像が彫りつけてあるが、ふしぎなことにはこの竜神、胴体はひとつしかないのに頭がふたつ、手が四本、足も四本もっている。この奇妙な竜神が、二本の手にタテをもち、あと二本の手に剣をにぎって、これをたかくささげているのが、一種異様な印象として、通りすがりのひとびとの目を見はらせた。

では、この竜神館には、いったいどのようなひとびとが住んでいるのか、まずそれからお話ししておこう。

やかたのあるじは東海林《しょうじ》日奈児《ひなこ》といって、これまたいっぷうかわった名まえの持ち主である。

やかたのあるじというと、もうそうとうの年ごろのように思われるが、じっさいはそうではなく、東海林日奈児はことし、昭和三十三年現在で、やっと十四か十五の少年である。

したがって、竜神館が建てられて、日奈児少年がここへ移ってきたのは、まだやっと四つか五つ。——四つか五つといえば、ものごころついたかつかぬ年ごろである。

だから日奈児はいったいじぶんがどこでうまれたのか、いったいどこからここへ引っこしてきたのか知らないのである。いやいや、それのみならず、かれはじぶんの両親が、どういうひとたちなのか、それすらも知っていない。

この日奈児については、付近でいろいろ妙な取り沙汰があるようだ。

だいいち、かれはどこか悪いとか、特別からだが弱いようにも見えないのに、ふつうの少年のように学校へかよっていない。勉強はおなじ竜神館に住んでいる、家庭教師についてしているのである。

第二に妙なうわさというのは、この日奈児少年をはだかにすると、その左の腰のあたりに、大きな手術のあとがあるということである。これを発見したのは二、三年まえ、日奈児がそうとう重い病気をしたとき、近所の町からやとわれてきた看護婦で、その看護婦の話によると、そこにもう一本ふとい足がはえていたのを、切りおとしたあとのように見えるというのである。なんと気味悪い話ではないか。

しかも、日奈児はじぶんがそういう大手術をしたことをおぼえていない。おぼえていないとこをみると、日奈児がここへ移ってくる以前、かれがまだもののわきまえもつかなかったじぶんのことにちがいない。

日奈児は、おなじやかたに住むひとたちによくその傷あとについて尋ねるが、だれもそれにたいして、はっきりと答えてくれるひとはいない。しかも、知っていてかくしているのか、知らないからいえないのか、それも日奈児にはわからなかった。

それはさておき、この竜神館には、日奈児のほかにもう三人住んでいる。いちばん年かさなのは降矢木《ふりやぎ》一馬《かずま》といって、もう六十ちかい老人である。しかし、老人といっても、けっしてよぼよぼとした感じのおじいさんではなく、身のたけ一メートル九十センチあまり、堂々とした体格で、頭は短くかっているが、鼻の下にはごま塩ながらも、ふとい、たくましい八の字ひげをピーンとはやしている。

いつも竹のように姿勢をただし、歩くときにもするどいひとみをキッと前方にすえたきり、けっしてわき見をしないところから、きっともとは軍人だったのだろうと、三崎のひとびとはうわさしている。

このひとが東海林日奈児の後見人（親がわりにめんどうを見る人）らしく、日奈児の教育方針なども、いっさいこのひとの考え次第できまるのである。

さて、もうひとりというのは、いうまでもなく日奈児の家庭教師である。この家庭教師は、小坂早苗《こさかさなえ》といって、まだ二十二、三の若い婦人である。

早苗がこの家へやってきたのは、昨年の四月のことである。すなわち、日奈児の初等教育が、去年の三月に終了して、中等科の教育にはいったので、まえの家庭教師と交代に、小坂早苗がこの竜神館へやとわれてきたのである。

まだ若い早苗は、はじめのうち、ここへやとわれてきたということを後悔していた。なにしろ人里はなれたさびしい一軒家である。しかも女といってはじぶんひとり、なにかにつけて心ぼそいことが多かったが、ほかにくらべて、報酬がとてもよいので辛抱しているうちに、早苗は日奈児に深い愛情をおぼえるようになったのである。

そして、この孤独な、どこか神秘的な感じのする少年のためならば、いつまでもこの竜神館にいてもよいとさえかんがえている。早苗は日奈児にたいして姉のような愛情をもっているのだ。

さて、さいごのひとりというのは杢衛《もくえ》というじいやである。このじいやは、としからいって降矢木一馬とそうかわらないのに、もうすっかりよぼよぼしている。頭もツルツルはげて、腰もいくらかまがりかげんで、からだも小さい。杢衛じいやは降矢木一馬にむかっていつも、

「大佐殿」

と、呼んでいる。

一馬がどんなに注意してもその呼びかたをあらためなかった。そして、まるで神様かなにかのように、一馬をあがめたてまつっているのである。

こういうところからみても、降矢木一馬はもと軍人で、階級は大佐だったのだろう。そして杢衛じいやは、降矢木大佐の当番兵かなにかだったのではあるまいか。

この杢衛じいやが台所の仕事から、竜神館の掃除、すすぎ洗濯など、いっさい、つまりお手つだいのやる仕事をするのである。

以上の四人がこのふしぎな竜神館の住人だったが、それではこれで人物紹介もおわったから、ここにいよいよ、この世にも奇怪な物語の、幕を切っておとすことにしよう。

誕生日の使者

それは昭和三十三年十月五日のたそがれのことである。

この日は第二十何号かの台風が、関東の南方沖合を通過するであろうと、気象庁から

予報が出ていたが、この予報にあやまりはなく、昼すぎから吹きつのってきた風が、夕方近くになると、はたして猛烈な豪雨をともなってきた。

吹きすさぶ風のおたけび、横なぐりにたたきつける豪雨のしぶき、岸をかむ波浪のうなりは、時々刻々すさまじくなり、いよいよ三浦半島いったいが、暴風雨けんないにはいったことを思わせる。

まだそれほどの時刻ともおもわれないのに、空はすみを流したように真っ暗で、まるで家も木もひともふっとんでしまいそうな大暴風雨だったが、よくみれば、この猛烈なあらしのなかへ、海ツバメのように風に吹かれてよろばい、よろめくようにして、丘の上にある竜神館めざしてやってくる、一個の奇妙な人影があった。

そのひとはいまどきにはめずらしい二重マントを着ている。そして、頭にはクチャクチャに形のくずれたおかま帽をかぶっている。ひどいあらしにともすれば、おかま帽がふっとびそうになるのを、必死となっておさえている。

二重マントのふたつのソデが、ひきちぎれんばかりにヒラヒラおどって、まるで、コウモリが風にふっとびながら、舞っているようである。帽子も二重マントもむろんもうずぶぬれで、二重マントの下のセルのきものも、はいているセルのはかまも、むろん、ぐっしょり雨がしみとおっている。

まっこうから吹きつけてくる雨と風とたたかいながら、奇妙な男は坂をのぼって、やっと竜神館の門のまえまでたどりついた。さいわい、門のとびらがひらいていたので、男はなんのちゅうちょもなく、ころげるように玄関のひさしの下へかけこんだが、そのとき、どこかで猛烈に犬がほえだした。

ちょうどそのころ。——

相模湾と太平洋を一目で見おろす、竜神館の二階の一室では、三人の男女がもくもくとしてテーブルについていた。三人の男女とはいうまでもなく、このやかたのあるじ東海林日奈児に後見人の降矢木一馬、それから家庭教師の小坂早苗である。

暴風雨のために停電になったとみえ、ほの暗いへやのあちこちには、ふといロウソクがともっている。

しかし、そのロウソクとはべつに、テーブルの上に十四本の小さなロウソクが立っているのは、そこにバースデイ・ケーキがおいてあるからである。つまり、きょうは日奈児の第十四回めの誕生日にあたっているのだが、それにしてもたいへんな誕生日になったものである。

テーブルの上には、そのバースデイ・ケーキのほかにも、杢衛じいやが心をこめた、かずかずのごちそうがならんでいる。

だから、誕生日のお祝いをはじめようと思えば、いつでもはじめられる段取りになっているのだが、それにもかかわらず三人は、もくもくとして手をつかねている。そして、三人が三人とも、なにかを待ちかまえているように、戸外のけはいに耳をすましている。

とうとう早苗が、たまりかねたように口をひらいた。

「おじさま」

と、早苗はこう降矢木一馬のことを呼んでいるのである。

「誕生日のお使いというのは、毎年きまっていらっしゃるのですか」

「うむ、毎年きまってくる」

と、降矢木一馬はおもい口で答えた。古めかしいが、それでも一馬はフロック・コートをつけ、ネクタイもちゃんとしめている。ふとい、いかめしいひげが、きょうはひとしおいかめしくピンと鼻のしたではねあがっている。

「でも……」

と、早苗はなにか息苦しいものでもふっきるように、

「きょうのこのあらしでは、どうでございましょうか」

と、窓から外を見わたした。

ごうごうたる海鳴りの音、鳴りはためくガラス窓、おりおり不気味な音を立ててきしむ建物……。そのすさまじいあらしの騒音のために、話をするにもよほど大きな声を立てなければならなかった。

「いや、そんなことはない。どんなあらしでもやってくる。いつかはこれよりもっともっとひどい台風のなかでもやってきた」

「でも……去年はもっとはようございましたわね。たしかお昼すぎだったようにおぼえておりますけれど……」

「それは、このあらしのために到着がおくれているのであろう」

「いったい、お使いはどこからおみえになりますの」

「それはいえない」

と、降矢木一馬はギロリとにらむような目で早苗を見る。

早苗はだんだんこの家が気にいってきているのだけれど、一馬にああいう目つきで見られるときだけは、いつも身うちがすくむような気がするのである。

「でも、おじさま」

「うん」

「お使いはお使いとして、そろそろお祝いをおはじめになったらいかがでしょうか。日奈児さんもおなかがおすきになったでしょうし、それに、せっかくのじいやさんのたんせいのお料理が、さめてしまいます」

「ところが、早苗さん、そういうわけにはいかんのだよ」

「と、おっしゃいますと……？」

「毎年、誕生日のお祝いの使いがやってきて、その使いのものが……つまり、その、なんじゃ、あるひとの代理として、このバースデイ・ケーキにさいしょのナイフをいれんかぎりは、誕生日のお祝いをはじめるわけにいかんのじゃ」

「まあ」

「去年もそうであったろうがな」

と、一馬はまたギロリと早苗の顔をにらんだ。

そういえば、たしかに去年もそうであった。そして、あとから思えば、それはなんとなく気味の悪い情景だった。

去年きた誕生日の使者というのは、全身黒ずくめの洋服を着ていた。そして、もくもくとしてやってくると、一馬になにやらカードのようなものを手わたした。それからテーブルにつくと、バースデイ・ケーキにナイフをいれた。するとこんどは一馬のほうが、その黒ずくめの男にカードのようなものを手わたした。男はそれを受け取ると、もくもくとして帰っていった。

その間、ひとことも口をきかなかったので、早苗もあっけにとられてしまったのをおぼえている。しかし、そのときははじめてだったので、妙なことがあるものだと思っただけで、それほど深くも気にとめなかったが、それが毎年の儀式らしいとわかって、早苗はいまさらのように、ゾクリと肩をふるわせた。

戸外で猛烈に犬がほえだしたのはちょうどそのときである。そして、それにつづいて、玄関のベルがけたたましく階下のホールで鳴りはじめた。

金田一耕助登場

「あっ、きたな」

三人はいっせいにいすから腰をうかしかけたが、

「いや」

と、一馬はふたたび腰をおちつけ、

「ふたりともじっとしていなさい。いまに杢衛が連れてくるだろう」

その一言に日奈児と早苗ももとの席につく。

玄関のベルはしばらく鳴りつづき、犬の声はいよいよけたたましくなってくる。

「杢衛のやつ、なにをしているのかな」

まゆをしかめて一馬が舌打ちをしたときである。やっとベルが鳴りやんだのは、杢衛が玄関へ出たのだろう。しかし、犬の声はまだなかなかやまなかった。

三人は杢衛がひとを案内して、二階へあがってくるのを、いまかいまかと待っているが、どういうわけか杢衛はなかなかあがってこない。

戸外はもうとっぷりと日が暮れて、まっ暗な海の上には、大暴風雨がいよいよいきおいをましてくる。城が島の燈台の火が、そのあらしをついて明滅している。

へやの中はいよいよ暗く、はだかロウソクがともすれば、窓から吹きこむ風のために、吹き消されそうになったりする。

早苗は思い出したようにつと立ちあがると、一枚一枚窓のよろい戸をしめ、それからカーテンをひいていった。これでへやの中もいくらか落ち着いたかんじである。

「おじさん、どうしたんでしょう。杢衛じいや、いったいなにをしてるんだろう」

正面のいすに腰をおろした日奈児がはじめて口をひらいた。髪を左わけにして、半ズボンながらも、おとなのような背広を着て、ワイシャツにひもネクタイをしめているのがかわいい。色白の、いかにもりこうそうな少年だが、どこかひ弱い感じのするのが、降矢木一馬のかねてからの頭痛のたねだった。

「おじさま、あたしがいってみましょうか」

「ああ、そうだな、それじゃ……」

と、いいかけたとき、階段をのぼってくる足音が聞こえてきた。

「大佐殿、お客さまでございますよ」

と、まるで昔のさむらいが、お殿様にむかっていうような言葉つきである。

「お客さまはわかっている。なぜここへご案内しないのだ」

「いいえ、そのお客さまではございませぬ。知らぬおかたがあらしにあって困っているゆえ、しばしの雨やどりをさせてほしいとおっしゃいまして……？」

「しばしの雨やどり……？」

と、一馬はまゆをしかめると、

「いったい、どのようなおかたじゃな」

「どのようなおかたと申しまして……男のかたでございますが、二重マントもきものもはかまも、ズブぬれのようになっておられますよ」

このやかたに知らぬ客があるというのは珍しいので、

「おじさま、わたしがちょっといってまいりましょうか」

と、早苗が立ちあがろうとするのを、

「いや、あなたはじっとしているんだ」

と、おさえつけるようにいってから、一馬はしばらくかんがえているふうだったが、

「よし、わしがいってみよう。日奈児、おまえはここに待っていなさい。わしが呼ばないかぎりおりてくるんじゃないよ。早苗さん」

「はい」

「あなたもここで、日奈児のおあいてをしていてください」

「はい、承知いたしました」

と、いったものの、早苗はなんとなく不平そうである。彼女はまえから降矢木一馬が、できるだけ日奈児をひとまえに、出さぬようにつとめているのが不服なのである。これではまるで温室育ちの植物のように、いよいよ少年らしい活気をうしなっていくばかりである。

しかし、彼女はだまってひかえていた。

降矢木一馬が玄関へおりていくと、さっきの奇妙な男が土間に立っている。なるほど全身ズブぬれで、ポタポタと滝のようにしずくがたれている。

「やあ、どうもおさわがせして申しわけございません。うっかりバスに乗りおくれてしまったところへこの暴風雨で」

と、白い歯を出してニコニコ笑っている。小柄でひんそうな男だが、笑顔にどこか魅力がある。

一馬は疑わしそうな目で、じろじろあいてのようすを見ながら、

「このあらしのなかをどこへ……」

「いや、どこというあてはなく、三浦半島一周としゃれこんだまではよかったんですが、すこし気象庁の予報をあまく見すぎていたようです」

「お名まえは……？」

「金田一耕助」

金田一耕助……？　どこかで聞いたような名まえだと小首をかしげながら、

「ともかくおあがりなさい。杢衛、ぞうきんをもってきてあげなさい」

「はい、そのぞうきんならここに……」

杢衛はすでにぞうきんを用意していた。

「杢衛、応接室のストーブをたいてあげなさい。あいにくこのあらしで、きょうはふろをたてるのを見合わしたのだが」

このひとは根が親切な老人なのである。応接室へ何本もロウソクを立てると、杢衛をうながして、ストーブにジャンジャン石炭をたかせた。

「そのままではおかぜをひこう。杢衛、なにかかわいたきものはないか」

「いや、いや、ご主人、これで結構です。さいわい二重マントを着ていたので、きもの

のほうはそうまでぬれておりません。この火がなによりのごちそうですよ」

マントル・ピース（装飾的な暖炉のこと）のなかで石炭が、ごうごうたる音を立ててもえはじめる。

金田一耕助がそのそばに立って手をかざしていると、やがて全身からもうもうと湯気が立ちはじめた。

降矢木一馬はするどい目で、そのうしろ姿を見守りながら、

「お客さん」

「はあ」

「あなた、いま、金田一耕助と名のられたが、ひょっとすると、あの有名な私立探偵の、金田一耕助先生ではないかな」

「いや、うわさがお耳にたっしているとすれば光栄のいたりです」

と、金田一耕助はスズメの巣のようなモジャモジャ頭をペコリとさげた。

一馬はあいかわらず、疑わしそうな目つきで、金田一耕助の横顔を見守りながら、

「あなた、なにか目的があってこの方面へこられたのかな。それとも、たんなる遊びで……？」

「いや、それはもちろんたんなる遊びです」

「ほんとうかな」

「ほんとうですが、どうしてですか」

と、金田一耕助がニコニコと、一馬のほうをふりかえったときである。

とつぜんまた戸外にあって、猛烈に犬がほえはじめたかと思うと、ズドンという銃声が一発、つづいてバターンと玄関のドアがあく音がして、

「ウウム！」

と、いううめき声とともに、だれかが土間へ倒れこんできたようすである。

青い毛髪

「だれか！」

叫んだときには降矢木一馬、やにわに一本のロウソクをつかんで、応接室からとび出していた。

金田一耕助もドキッとした顔色で、これまた一本のロウソクをもぎ取ると、一馬のあとにつづいて玄関へとび出してみた。

さっき金田一耕助がはいってきたとき、ドアの掛け金をかけわすれていたのだろう。バターンとひらいたドアの内がわ、土間の上に男がうつぶせに倒れている。その背後の左の肺あたりから、ドクドクと血が噴き出しているところを見ると、背後からそ撃されたものらしい。

「このひと、玄関に立って、片手でドアの取っ手をにぎり、片手でいままさに呼びりん

をおそうとしたところを、背後からそ撃されたんですな」

「畜生ッ！」

降矢木一馬はロウソクをにぎったまま、戸外のあらしのなかへとび出したが、表はもううるしのような暗やみである。いよいよ吹きつのってくる風の音、はげしくふりそそぐ猛豪雨、波の音はいよいよたかく、くせ者の姿はもうどこにも見えない。

一馬はしかし、くせ者がそこにいるかととび出したのではない。かれの目的はほかにあった。

さきほどから猛烈にほえつづけている犬舎のほうへ走っていくと、

「隼《はやぶさ》！　隼！」

と、犬の名を呼ぶ。

隼というのは子ウシほどもあろうというシェパードである。

隼はいったんほえるのをやめて、暗がりのなかをガリガリと、床をかく音をさせていたが、一馬が犬舎のドアをひらいて、

「隼！　追え！　くせ者のあとを追え！」

と、叫ぶのも待たずに矢のように、あらしのなかをとんでいった。

一馬がもとの玄関へ引き返してくると、土間に倒れた男を中心に、金田一耕助と杢衛がかがみこんでおり、その背後から日奈児少年と早苗が手に手にロウソクをもったまま、よりそうようにしてのぞきこんでいる。

「金田一先生、生命は……？」

「即死ですな。もののみごとに左肺部をやられているようです。そうとうの近距離からそ撃したものですね」

その男、黒ずくめの洋服にコートを着ていたらしいが、玄関先に立ったとき、外套をぬいで左の腕にかけ、それから呼びりんをおそうとしたところをやられたらしい。コートはズブぬれになっているが、洋服のほうはそれほどぬれてはいなかった。

金田一耕助がソッとその男を抱き起こしたとき、上からのぞいた早苗が叫んだ。

「あっ、このひと、誕生日のお使いのかたね」

「ご存じのかたなんですね」

金田一耕助がふり仰ぐと、降矢木一馬はだまったままうなずいた。

「もう命はないのですから、死体はこのままにしておきましょう。とにかく、警官と……それから念のために医者を呼ばなければ……電話、あるんでしょう」

「はい、それではあたしがかけましょう」

「早苗さん！」

「はあ」

「いや、いや、いい、電話をかけなさい」

金田一耕助はふしぎそうに降矢木一馬の顔を見守っている。そのときの一馬のようすでは、なにかしら、ひとを呼ぶことを好まないふうだった。

人殺しがあったというのに、いったいどういうわけだろう。

「このひと、どういう関係のかたなんですか」

「どういうといって、べつに……」

「お名まえは……？」

「名まえといって、わしのかね。それともこの男のかね」

「いや、そこに殺されているかたですが……」

「ところが、それをわしは知らんのだよ」

「ご存じない？　でも、さっきのお嬢さんのお言葉では、誕生日のお使いのかたとおっしゃったようですが……」

早苗め、よけいなことをしゃべりおったといわぬばかりに、降矢木一馬はまゆをしかめて、

「いや、それはそうだが、じっさい名まえは知らんのだ。ただバースデイ・ケーキを切りにくるだけの使いだから……」

「バースデイ・ケーキを切りにくるだけの使い……？」

金田一耕助はあきれたように目を見はったが、あいてはそれ以上、口をひらこうとはしなかった。

金田一耕助は身をかがめて、ロウソクの光でもういちど、殺された男の顔を見る。年齢は四十五、六だろう、標準なみの背たけ、どこにこれといってとくちょうのない顔つ

きで、まあ、いわばまじめなサラリーマンという感じであった。

金田一耕助が上着のポケットをさぐって、札入れを取り出したとき、電話をかけおわった早苗が帰ってきた。

「おまわりさんもお医者さんも、いい返事ではございませんでしたが、それでもくることはくるでしょう」

たよりのない返事である。

金田一耕助はそれを聞きながら、札入れのなかをさぐっていたが、

「おや、妙なものがはいっている」

と、つぶやきながら取り出したのは一枚のトランプだったが、それがまっぷたつに切断されているのである。

諸君もトランプをご存じだろうが、トランプの絵札は、キングでも、クインでも、ジャックでも、おなじ顔かたちがさかさまに、ふたつえがかれているのだ。

ところがいま、金田一耕助が発見したカードは、ふたつのジャックをひとつずつに切りはなした、その断片なのである。

それを見ると一馬と杢衛が、すばやく目くばせをしていたようだが、そのときまた玄関のドアを外からガリガリひっかく音……。

一同はおもわずギョッと顔を見合わせた。

「あっ、隼が帰ってきたのではないか。杢衛、ドアをひらいてみろ！」

一馬の命令に杢衛がドアをひらくと、はたして玄関の中へころげこんできたのは隼だったが、むざんにも隼は数発のピストルをくらって虫の息である。

「あっ、隼！　畜生！　しっかりしろ！　隼！」

だが、隼はここまで帰ってくるのが、関の山だったのである。降矢木一馬の声を聞くと、かすかにしっぽをふって見せたが、それきりがっくりと息がたえてしまった。

「かわいそうに……」

と、一馬は隼の背をなでていたが、

「おや！　なにかくわえている……」

と、隼の口から取りあげたのは、五、六本の髪の毛である。それは数センチの長さの、明らかに人間の髪の毛だったが、なんとそれは海のようにまっさおな色をしているのである。

ああ、世のなかにコバルト色をした毛髪をもった人間が、存在するのであろうか。

しかも、一馬と杢衛がすばやく目くばせをしたところをみると、このふたりはコバルト色の髪の毛の由来を知っているらしい。

こうして、金田一耕助はあらしの一夜をふしぎなやかたに雨やどりの宿をもとめたところから、世にも奇怪な事件のなかに首をつっこむことになったのである。

逃亡者

おお荒れに荒れた大暴風雨の一夜は明けた。台風一過の秋晴れとはまさにきょうの天気のことである。

海面はまだ波がたかかったが、空は紺碧《こんぺき》にすみわたって、はるかかなたの水平線まで一点の雲もない。台風が去ると同時にやってきたおびただしい海鳥の群れが、波間に遊んでいるが、さながらきょうの秋の日ざしを、心からたのしんでいるようにみえる。西北の空をながめると、すでにまっ白に雪をいただいた富士の峰が、まるでクリスマス・ケーキでもおいたようにそびえているのがうつくしい。

さて、あの奇妙な竜神館へ、付近の町から警官や医者がやってきたのは、あらしもおさまり、夜も明けてからのことだった。

しかし、医者がきたとて、もはや手のほどこしようもなかったことは、まえにもいったとおりである。医者はまるで死亡診断書をかくためにやってきたようなものだが、その死亡診断書をかくにあたってハタと当惑した。それというのが被害者の姓名がわからないからである。

この事件の捜査主任は山口という警部補だったが、それに関して山口捜査主任はすっかりにがりきっていた。

「あなたは被害者の名まえを知らぬとおっしゃるが、あちらにいる小坂早苗という婦人の話によると、去年もいちどここへきたことのある男だというじゃありませんか」

「ああ、去年も、一昨年もきた。一昨々年きたのもあの男だったろう」

「それでもあなたはあの男の姓名を知らぬとおっしゃるんですね」

「ああ、知らないひとだよ。警部補くん、おれはほんとうに知らないんだ」

降矢木一馬はかくべつあいてをばかにしているつもりではないかもしれない。しかし、これではばかにしていると勘ちがいされてもしかたがないではないか。山口捜査主任がふんぜんとして、まっ赤な顔つきになったのもむりはないと、金田一耕助はそばで聞いていて同情した。

金田一耕助はぬれたきものやはかまを暖炉でかわかし、それに、明けがたあらしがおさまってから、杢衛じいやがふろをたててくれたので、いまはさっぱりした気持ちになっている。

その金田一耕助が、いま山口警部補と降矢木一馬とのあいだに、一問一答がおこなわれている、応接室の一すみに席をしめているのは、一馬のたのみによるところである。

「ご主人、それはいったいどういう意味です。これが押し売りにきた男とかなんとかいうのなら話はべつだが、小坂くんの話によると、この家の主人、日奈児くんの誕生日のお祝いにきた客だという。と、すればあの少年にとっては、そうとう深い関係があると思わねばならん。それを後見者たるあなたが、名まえも知らぬというのはどういうわけです」

降矢木一馬はふとい首をひねりながら、ひたいに深いシワをきざんで、しばらくだまってかんがえていたが、

「いやね、警部補くん、きみがふんがいするのもむりはない。ふしぎに思われてもやむをえない。しかし、知らぬものはやっぱり知らぬとより答えようがないじゃないか」

「なるほど」

と、山口捜査主任は怒気《どき》を満面におどらせながら、つめたくいいはなつと、

「それじゃ、べつの方面からききましょう。この男はいったいどこからきたんです」

「どこからとは……？　どの地区からという意味かな、たとえば東京とか大阪とか……？　もし、そういう意味のお尋ねなら、やっぱりお答えすることはできませんね。知らんのだから」

「ご主人！」

「いや、いや、まあ、お待ち。ただし、だれがこの男を誕生祝いの使者としてよこしたか……と、そういうご質問ならお答えすることができる」

「だれです。それは？」

「日奈児の父だよ」

「名まえは……？」

「東海林竜太郎」

「そして、その人物はどこに住んでいますか」

「それがわからない。たぶん東京だろうとは思うがな」

山口警部補はあきれたような顔をして、降矢木一馬をにらんでいる。金田一耕助も興味深げに、応接室の一すみから、一馬の顔色を見守っていた。

「いや、失礼しました。ご主人」

と、山口警部補はかるくせきをすると、いくらか言葉をやわらげて、

「なんだか深いわけがありそうですが、ひとつそれを打ち明けてくださいませんか。なにしろここに人間ひとり殺害されているんですからね」

「ああ、いや、それはわかっている。なんでもそちらから聞いてくれたまえ。知ってるかぎりのことはお話しよう」

「じゃ、東海林竜太郎という人物ですがね。そのひとはなにをする人物ですか」

「もと軍人だったね。陸軍大尉が終戦当時の階級だった」

「あなたとの関係は……？」

「わたしの妹むこということになる」

「すると、日奈児という少年は……？」

「そう、東海林竜太郎と妹の昌子《まさこ》とのあいだにうまれた子どもだ」

「それで、あなたは妹むこの居所をご存じないんですか」

「ああ、知らないんだ」

山口警部補の目にまた疑いの色がこくなってくる。

「しかし、それはおかしいじゃありませんか。たんに妹むことという関係ばかりではなく、現在そのひとの子どもをあずかりながら、居所を知らぬというのは……？」

「だから、きみもいまいったじゃないか。なにか深いわけがありそうだと」

「そのわけというのをいっていただけるでしょうねえ」

「ふむ、まあ、あるていどはね」

「あるていどでもけっこうです。どういうわけがあるんです」

「それはこうだ。つまり東海林竜太郎というのは、わざと姿をくらましているんだよ。だから、たとえ東京のどこかに潜伏しているとしても、おそらく名まえはかえているだろうな」

「潜伏している理由は？」

「復讐を恐れているんだよ。ある団体のね」

「ある団体とは？」

「それはいえない」

降矢木一馬はそこでピッタリ口をつぐむと、あとはテコでもくちびるをひらきそうにない顔色を示した。

日奈児の秘密

山口警部補はいまいましそうに一馬の顔をにらんでいたが、やがてかるい舌打ちをすると、

「それではもっとべつの方面からお尋ねしましょう。それなら答えていただけるでしょうね」

「ああ、なんでも。答えられる範囲内でね」

山口警部補はまたかるい舌打ちをすると、

「あなたの妹さんの昌子さんというひとも、いまご主人の東海林竜太郎氏とごいっしょなんですか」

「いや、昌子は死んだよ」

「いつ?」

「日奈児がうまれた直後にね。いわば血がのぼるというやつだな」

「日奈児くんがうまれたのはいつ?」

「昭和十九年の十月五日、すなわち、きのうのことだ」

「うまれた場所は?」

「東京。昭和十九年十月のことだから、そろそろ空襲のはげしくなりはじめたころで、

お産には危険なじぶんだったらしい」

「そのじぶん、ご主人の竜太郎氏は軍人だったとすると……」

「むろん、前線にいたよ。マレー方面へ進駐していたんだ」

「戦争がおわって帰国されたのは？」

「二十一年の春だったそうだ。わりにはやいほうだった」

「たしかこの家ができたのは、昭和二十三年だったと聞いていたんですが、これはどなたが建てたんですか。つまり、だれが金を出してこの家をお建てになったんですか」

「日奈児の父が建てたんだよ」

「すると、東海林竜太郎氏というひとは、そうとうのお金持ちなんですね」

「そうだろうねえ。これだけの家を建てるくらいだから」

「職業軍人……大尉だったとおっしゃったが、もとからお金持ちだったんですか。それとも軍人になってから財産をおつくりになったんですか」

「警部補くん」

と、降矢木一馬は皮肉な目で、山口捜査主任の顔を見ながら、

「残念ながらそういう質問にはお答えできかねるね。個人の経済的な問題だから」

「いや、失礼しました」

と、かるく頭をさげた警部補は、またまたまっ赤な顔になった。

「いや、あやまるにはおよばんがね」

りながら、

と、降矢木一馬はソファからながながと足をのばして、口にくわえたパイプをいじく

「じゃ、もうすこしくわしく話してあげよう。それでないときみも役目がらすまんだろうからね。つまり、これはこういう事件なんだ。東海林竜太郎は大きな財産をつくった。その財産をつくった手段についてはここではいえんが、それに関連している個人ならびに団体から恨みをかったんだな。つまりその団体から脅迫をうけて、生命の危険を感じはじめたんだ。そこでここにこういう家を建てて、日奈児をわしにたくして、じぶんは姿をくらましたんだ。それが昭和二十三年のことなんだがね」

降矢木一馬の話しぶりは、山口捜査主任にかたるというよりは、そばで聞いている金田一耕助にむかって話しかけているようである。

おそらく、金田一耕助の名声を知っている降矢木一馬は、かれにこの事件の性質を知っておいてもらいたかったのだろう。金田一耕助も、だから、そのつもりで話を聞いているのである。

「ところがやっぱり親だから子どもはかわいい。ましてやうまれたときに母をうしない、父の顔さえ知らぬ子どもだからな。だから、たまには会いにきたいのだが、この家が敵に知られているとすると、うっかり近よれないわけだ。そこで毎年日奈児の誕生日に使いをよこして、せめてむすこのぶじをたしかめようというわけだ。そういう意味の使いだから、名まえも名のらず、こちらもまた聞く必要もなかった。日奈児がぶじに成長し

ていることさえ見てもらって、それを竜太郎に報告してもらえばよいのだからね」

「あなたはその使者に竜太郎氏の居所を、聞こうともしなかったんですか」

と、山口警部補は半信半疑の顔色である。

「いや、はじめのうちはきいていた。しかし、かたく竜太郎に口どめされているとみえて、ぜったいにいわんのだな。なんでも竜太郎の旧部下だった男らしく、その後も竜太郎に絶対服従をしていたようだ」

「それでもあなたはいま、竜太郎氏の居所を東京だと思うとおっしゃったが……」

「いや、それはここにいられる金田一先生もご存じだが、あの男……被害者の札入れのなかから東京からの往復切符がでてきたからな」

「竜太郎氏の年ぱい、人相やからだつきなどは……？」

「としは四十五、六だろう。終戦からもう十年以上もたっているんだから。身長は一メートル九十センチ。さいごにあったときは七十五キロくらいあったかな、柔道五段。顔はこれという特徴はないが、なかなかの好男子だよ。しかし……」

「しかし……？」

「おそらくいまは変装しているだろうな。以前はめがねもかけず、ひげもはやしていなかったが……」

「それで、竜太郎氏の肉親は……？」

「さあて。それをかれはよく知らんのだ。このおれじしんが昭和十三年から、中国大陸から南方へと、各地を転戦していて、昌子が竜太郎と結婚したのも、そのるすちゅうのことだったからな。でも、たしか三人きょうだいの末っ子だとは聞いている。だから上に兄だか姉だかふたりあるわけだが、それ以上のくわしいことは知らんのだ」

山口警部補はしばらくだまって、降矢木一馬の顔色をうかがっている。しかし、この点に関するかぎり、一馬の話はほんとうらしい。

「ところで、ご主人はこの事件をどうおかんがえですか」

「どうかんがえるとは……？」

「いや、竜太郎氏の使者が殺されたとすると、だれか、つまり竜太郎氏に恨みをいだいている団体の者が、この家の存在に気がついたということになるんじゃありませんか」

「そうだ。それをおれは心配しているんだ。しかし、まさか罪もない日奈児に危害をくわえるようなことはあるまいが……」

そうはいうものの降矢木一馬のおもてには、暗いうれいの色がただよっていた。

「しかし、ご主人」

と、そのときはじめて金田一耕助がそばから口を出した。

「この事件の犯人はなんだって、あの使いを殺したんでしょう」

「と、おっしゃるのは……？」

「いや、使者を殺すことによって、復讐団の団体が、この家の存在に気がついたということを、あなたがたに知らせるようなもんです。この事件はいずれ新聞に出るでしょう。

そうしたら竜太郎氏もそれを読む。そうすると、いままで以上に竜太郎氏を用心させることになる。そういうことをするより、この使者の帰りをひそかに尾行するほうが、復讐団にとっては、より好結果をえられたはずですがねえ」

「なるほど」

と、金田一耕助のほうをふりかえった降矢木一馬の顔色には、ギョッとしたような光がほとばしった。金田一耕助のいまの言葉がにわかに一馬の不安をかりたてたようである。

「これは金田一先生のおっしゃるとおりだが、しかし、それじゃなぜ犯人は罪もない使いの男を殺したとおっしゃるんですか」

「さあ、それはぼくにもまだわからない」

金田一耕助はれいのくせで、スズメの巣のようなモジャモジャ頭をかきまわしながら、ぼんやり首を左右にふった。

しかし、山口警部補はそういうことにはたいして興味がないらしく、

「それじゃ、ご主人、さいごにもうひとつお尋ねしたいことがあるんですが」

「さあさあ、どうぞ」

「隼という犬が犯人を追っかけたんですね」

「ああ、そう」

「そして、犯人と格闘し犯人のピストルを数発くらって、やっとここまで帰ってきたと

いうんですね」

「ああ、そう、それは金田一先生もご存じのとおりだが……」

「ところが、その隼がこういう髪の毛をくわえて帰ってきたというんですが、ご主人はこれをどう思いますか」

と、山口警部補が銀色のケースをひらいて出して見せたのは、あのコバルト色をした数本の毛髪である。

降矢木一馬はしばらくだまっていたのちに、

「世のなかにはいろいろ妙なことがある。ふしぎなことも少なくない。コバルト色をした髪をもつ人間だっているかもしれない」

と、金田一耕助の目をさけながら、降矢木一馬は低い声でつぶやいた。

山口警部補はさぐるようにその顔色をよみながら、

「それじゃ、コバルト色をした髪の毛をもつ人間を、追究すればいいんですね」

降矢木一馬はまたしばらくだまっていたのちに、

「しかし、髪の毛は染めることができるからな」

と、ポツンと一声つぶやいた。

そのとき金田一耕助はつよく感じずにはいられなかった。この事件の背後には、まだまだ大きな秘密がひそんでいるであろうことを。いったい、あのかれんな日奈児少年の身辺には、どのような怪奇な秘密がまつわりついているのであろうか。

一馬の不安

その夜、金田一耕助は降矢木一馬とともに応接室の暖炉のまえにすわっていた。警官たちは引きあげて、竜神館はいつものとおり、さびしい、孤独のとばりにつつまれている。別室には名まえもわからぬ被害者の死体が横たわっているが、それも明朝、付近の町で火葬にふされることに、警部補とのあいだに話がついた。隼の死体はきょうすでに庭のすみに埋葬されたのである。

夜の九時。

日奈児も家庭教師の小坂早苗もそれぞれじぶんのへやへ引きさがって、いま応接室の暖炉をかこっているのは、金田一耕助と降矢木一馬のふたりきりである。

一馬は金田一耕助を恐れている。しかし、恐れると同時に耕助に、たのむところがあるらしいのである。それが証拠にもうひと晩と引きとめたのは、降矢木一馬のほうであった。

金田一耕助はストーブのなかでいきおいよくもえている、石炭の青いほのおを見つめながら、降矢木一馬の切り出すのを待っている。台風一過、寒冷前線が南下したとやらで、その夜はストーブでもたかないとしのげないくらいの寒さであった。

「で……？」

「で……？」

と、しばらく話がとぎれたのち、同時におなじことばを切り出したふたりは、おもわず笑った。

それからまたちょっとした沈黙ののち、降矢木一馬がとうとう思いきったように切り出した。

「金田一先生、さっきのあなたのおことばは、ずいぶんわたしを不安におとしいれました。そこで思いあまって、だれにも打ち明けてはならぬことをあなたにだけ打ち明けるのですが、あなたはきっと秘密をお守りくださるでしょうねえ」

「はあ、それはもちろん。それがわたしの職務ですから……。しかし、ご主人、さっきのわたしのことばというと？」

「犯人はなぜ使いの者を殺したかということ。……むしろ使者を生かしておいて、帰りを尾行したほうが、はるかに好結果をえられたのではないかということ……」

「はあ、なるほど」

「それに、先生にそうおっしゃられてわたしも気がついたのじゃが、復讐団の一味ならば、なにもあの使者を殺す必要はないのです。あれはたんに竜太郎の部下にすぎないんですから」

「あなたがあの男の名まえをご存じないとおっしゃったのは、ほんとうのことですか」

「ほんとうです。きょう警部補にいったことはぜんぶほんとうなんです。ただ、いえないことがあっただけです」

「フム、フム、それであなたがわたしのことばによって不安を感じたとおっしゃるのは？」

「いや、それより先生のおかんがえを聞かしてください。犯人はなんのためにあの男を殺したか」

金田一耕助はしばらく石炭のほのおを見つめていたが、一馬に顔をむけ、

「降矢木さん、ぼくはまだこの事件の性質をよく知らないんです。あてずっぽうの推理の範囲を出ないんですが、それでもよかったら……」

「はあ、けっこうですとも」

「いや、ぼくのかんがえというのはこうです。さっきのあなたのお話をうかがっていると、復讐団の一味の者は、なにも誕生日の使者を殺す必要がないように思われる。いや、生かしておいたほうが有利だとかんがえざるをえませんね。それにもかかわらず殺したというのは、犯人はあの使いの男に顔を見られたのではないか。しかも、犯人は使いの者が知っている人物じゃなかったか……」

降矢木一馬はだまって石炭のほのおを見つめていたが、金田一耕助のことばのさいごの一句を聞いたときおもわず肩をすぼめてため息をついた。

「それについてご主人はなにかおかんがえでも」

降矢木一馬はまたホッとため息をついた。それからうるんだような目をあげて、

「金田一先生、あなたはほんとうにこわいかたですね。わたしの不安もじつはそこにあるんです。それにねえ、先生」

「はあ」

「あなたのその推理からわたしはこういうことにも気がついたんです。復讐団の一味の者は、みんな青い、コバルト色の髪をもっているんです。いや、うまれつきそんな髪の毛をしているのではありませんが、あるいうにいえない悲惨な境遇におかれたがために、頭髪が変色したんです」

「悲惨な境遇というと……？」

「いや、それはいつかお話ししましょう」

と、降矢木一馬はいまその点にふれたくないらしく、ことばをにごした。

「それはとにかく、かれらをそういう悲惨な境遇におとしいれたのは、竜太郎の責任であると、かれらは思いこんでるんですね。それはもちろん、いくらか竜太郎にも責任はありますが、すべては戦争がひき起こした罪悪なんです。だが、まあ、それはそれとして、さっきもわたしがいったように、髪というものは染めることができるはずです。それでなかったら、コバルト色の頭髪をもつ人間が、すでに話題にのぼっていなければならんはずですからな」

「と、おっしゃると……？」

「いや、それだから、きのうあの使者を殺したやつは、復讐団の一味ではなく、使者が知っている人物で、使者を殺してからその罪を、復讐団の一味のしわざと思いこませ、じぶんは涼しい顔をして、つぎにうつべき手をうかがっているんじゃないかと思うんです」

「つぎにうつべき手とおっしゃると……？」

「日奈児の命ですな」

シャム兄弟

「降矢木さん、それじゃあなたは、だれかが日奈児くんの命をねらっている、とおっしゃるんですか」

「いや、まだはっきりそう知っているわけじゃない。しかし、そういうふこころえなやつがあらわれても、しかたのない立場にあの子はおかれているんです」

「しかたのない立場とおっしゃいますと……」

降矢木一馬はパイプをつめかえながら、

「わたしはいま竜太郎がどこでなにをしているか知らない。しかし、あれは大金持ちなんです。おそらく、何十億という資産をもっておりましょう。ですから、復讐団との話し合いがついて、はれて世間へ顔出しすることができるようになったら、日奈児は竜太郎の相続人なんです。つまり、竜太郎が死んだときには、莫大な遺産を相続することができるんです」

「なるほど、なるほど」

「ところがここにひとり、日奈児にとっては有力な競争者がいるんです。つまり日奈児の兄弟ですな」

「あの少年に兄弟があるんですか」

これは金田一耕助にとっては意外であった。きょう昼間の一馬の話では、日奈児の母なる婦人は、日奈児がうまれた直後になくなったという話だが、それではその上に兄か姉かがあったのだろうか。

「そうです。兄弟があるんです。しかもふたごの……」

「ふたご……?」

と、金田一耕助はおもわず目を見はって、

「それではあの少年はふたごのひとりとしてうまれたんですか」

「そうです。そうです。しかもシャム兄弟のひとりとして……」

「シャム兄弟のひとり……?」

金田一耕助はぼうぜんとして、一馬の顔を見つめたっきり、しばらくは口をきくことすらできなかった。

シャム兄弟というのを諸君は知っていられるだろう。それはからだがついたふたごのことで、昔、シャムの国(現在のタイ国)にそういうふたごのうまれたところから、俗にシャム兄弟と呼ばれるようになったのである。

「それで、その兄弟はいまどこにいるんです」

「いや、それはいまお話ししましょう」

と、降矢木一馬はひたいににじむ汗をぬぐいながら、

「昭和十九年、わたしの妹で東海林竜太郎の妻となった昌子は、夫のるすちゅう、わたしの妻の降矢木五百子《いおこ》といっしょに住んでいました。竜太郎は昭和十八年まで参謀本部に勤務していたのですが、十九年の五月ごろ南方へ転出を命じられたのです。そこでわたしのるす宅へ移ってきて、妻と同居することになったんです。ところで、その年の十月五日に昌子はお産をしたんですが、うまれたのがいまもいったとおり、からだのついたふたごでした。昌子が血がのぼって死んだというのも、それにおどろいたからなんです」

「なるほど、なるほど」

「そこで、五百子がこのふたごの名づけ親になって、日奈児、月奈児《つきなこ》と命名したんです。五百子は当時から変な神道のようなものにこっておりましたから、こんな妙な名まえをつけたんですね」

「フム、フム、それで……」

「それで、昌子が死んだものだから、五百子がこのからだのくっついたふたごを育てていたんです。幸か不幸かわれわれ夫婦のあいだには、子どもというものがなかったもん

ですから」

「はあ、はあ、そして……」

「ところが昭和二十一年に竜太郎がマレーから復員してきました。竜太郎は南方からちょっとした財産をもって帰りました。その財産がなんであるか、それはここでは申しあげかねますが……で、その財産の一部を資本としてヤミ商売かなんかに手を出して、昭和二十三年ごろには、かなり大きな財産をつくっていました。その前年わたしが南方から復員してきたんです」

「フム、フム、それで……」

「わたしは日奈児、月奈児のシャム兄弟を見てふびんに思いました。シャム兄弟もいろいろあります。胴体がつながっているばかりではなく、ふたりで内臓の一部、すなわち消化器などを共通にもっているばあいがある。そういうばあいはふたりで胃袋や腸をひとつしかもっていないのだから、切りはなすわけにはいきません。ところで、日奈児と月奈児のばあいはそうではなく、あらゆる内臓はそれぞれ完全にもっていてただ筋肉と皮膚だけがゆちゃくしていたのです。それでわたしがふたりを切りはなすことをすすめたんです」

降矢木一馬の奇怪な話はまだあとへつづくのである。

切りはなされた双生児

夜はもうかなりふけている。

いくらか風が出てきたのか、宵のうちにくらべると、波の音もだいぶんたかくなっている、おりおり沖を通る船から霧笛の音がひびいてきた。夜が深くなるとともに、霧がおりてきたらしい。

こういう奇怪な話をするには、うってつけの晩である。

「それで……」

と、降矢木一馬が語りつごうとしたときである。

「アッ、ちょっとご主人」

と、かるく一馬を制した金田一耕助は、暖炉のまえをはなれると、いきなり応接室のドアをひらいたが、そこに立っている女の姿に目をとめると、

「ああ、小坂さん、なにかご用ですか」

「あら、いえ、あの、ちょっとおじさまに……」

「ああ、そう、じゃあ、どうぞおはいりください」

早苗はなぜか顔を赤くして、ドギマギとしたふうを、できるだけ取りつくろいながら、

「あの、おじさま、もう九時半でございますけれど、日奈児さん、おやすみになっても

よろしゅうございましょうか」

「ああ、いいよ。早苗さん、あんたもおやすみ。戸締まりに気をつけてな」

「はい、それじゃ、おやすみなさいまし」

早苗はちらと上目づかいに、金田一耕助をにらむように見すえると、かるく、頭をさげて出ていった。金田一耕助が用心ぶかくドアをしめて、もとの席へもどってくると、

「金田一さん、あの子、立ち聞きをしていたのだろうか」

と、降矢木一馬は声をひそめる。

「まさか。ただぐうぜんだったんでしょう。それよりご主人、あとを聞かせてください」

「ああ、そう」

と、降矢木一馬はそれでもまだ不安そうに、ドアのおもてに目をそそいでいたが、やがて金田一耕助のほうをふりかえると、さっきよりだいぶん声をおとして話し出した。

「さっきは日奈児と月奈児のシャム兄弟を、手術して、切りはなすようにわたしがすすめたというところまでお話ししましたね」

「はあ、そこまでうかがいました」

「そこで、竜太郎も五百子もその気になり、医者に相談したところが、手術をするならはやいほうがいいというので、さっそく日奈児と月奈児を切りはなしたんです。昭和二十二年四月のことで、かぞえ年では四つですが、満でいえば二年と半年のときでした」

「なるほど、それで月奈児さんはいまどちらにいられるんですか。ここにはいらっしゃ

らないようですが……」

「いや、それをこれから聞いていただくんですが……」

降矢木一馬はまた不安そうにドアのほうへ目をそそぎ、あたりの気配をうかがうように、ちょっと話をとぎらせた。

話がとぎれると夜ふけのさびしさが身にしみる。海のほうからわびしい霧笛の音がひびき、暖炉のなかで石炭のもえくずれる音が、ガサリと大きくへやじゅうにひびいた。

やがて降矢木一馬は口をひらくと、

「昭和二十二年はその調子で、わたしと妻の五百子の夫婦、それに日奈児と月奈児のふたごの兄弟。竜太郎は家へ帰ったり帰らなかったりでしたが、それでも家族の一員として登録されておりました。そのうちにかれはだんだん資産をふとらせていったんですが、いっぽうその年の暮れごろに竜太郎を恨んでいる連中が、おいおい南方から復員してきたんです」

「ああ、そうすると、竜太郎氏を恨んでいる連中というのは、やはり軍人なんですね」

「いや、軍人じゃなく軍属です。軍によって徴用された一般のひとびとですね。しかし、その話はまたこんどのことにしていただきたい」

「ええ、承知しました」

「それで、つまりそういう連中から脅迫をうけはじめたんですね、竜太郎が。……それで身の危険を感じた竜太郎は、姿をくらますことをかんがえはじめたんですが、それには日奈児と月奈児が問題です。ところがわたしと妻の五百子ですが……」

と、降矢木一馬はそこでちょっと顔をしかめると、

「昔っからあまりはだのあわない夫婦でした。むろん、わたしにももろもろの欠点はあるが、五百子というのは妙に虚栄心のつよい、つめたい、見識ぶった女です。ことに戦後は変な宗教にこったりして、鼻持ちのならぬ女になっていました。そこへもってきてわたしがすっかり戦争ボケで、なにもしないでブラブラしているもんだから、いっそう五百子の機嫌を損じたんです。おなじうちに住みながら、一日じゅう口もきかないというような、状態がつづいていました」

一馬はそこまで語ると心苦しそうにからぜきをすると、

「竜太郎ももちろんそういう険悪な空気は知っていました。そこでかれは一計を案じたんですな。つまり家を二軒建て、わたしと五百子を別居させ、ふたりにひとりずつ子どもをあずけようというわけです」

「なるほど、そうすると月奈児さんはあなたの奥さん、五百子さんがあずかっているわけですね」

「そうです。そうです」

「それで、奥さんはいまどちらに……？」

「いや、それが……」

一馬はまた心苦しそうにまゆをしかめて、

「それがおたがいに居所は知らんことになっているんです」

「知らぬことになっているとおっしゃると……？」

「それはこうです。竜太郎は家を二軒建てた。しかし、どことどこに建てたかは、わたしも知らねば五百子も知らない。五百子は月奈児を連れて、竜太郎のさしずした家へ移り、わたしは日奈児を連れてここへ移ってきました。しかしわたしは五百子がどこへ移ったか知らなかったし、五百子もここを知らないはずです。二軒の家を知っているのは竜太郎と、竜太郎の使者として毎年やってきていた、ゆうべ殺された男だけでした」

なんとも妙な話である。夫婦が別居しているさえおかしいのに、おたがいにその居所さえ知らないとは……。金田一耕助は相手の顔を見なおさずにはいられなかった。

「いや、それにはこういう意味があるんです」

と、一馬はギゴチないからぜきをしながら、

「だいたいふたごというものは目につきやすい。だから復讐団の手が、じぶんの子どもたちまでのびることを恐れた竜太郎は、世間の目から日奈児と月奈児をかくそうと思ったんですね。それにはべつべつにしておいたほうが世間の注意を引かずにすむ。まあ、そういうかんがえから、わたしと五百子にひとりずつ、じぶんの子どもをあずけたんですが、それではなぜわたしに五百子や月奈児の居所をかくし、五百子にわたしや日奈児の居所をかくしたか。……金田一先生の疑問もおそらくそこにあることと思うが……」

もちろんですといわぬばかりに、金田一耕助はうなずいた。

降矢木一馬はそこでまた、ギゴチないからぜきをすると、

「それにはわれわれ夫婦のあいだを理解してもらわねばならんが、われわれはもはや、はだのあわぬ夫婦というばかりではなく、おたがいに心の底から憎みあい、のろいあう夫婦になっていたんです。わたしは五百子を憎んでいるし、五百子は五百子でわたし以上に、このわたしを憎んでいるんです。ですから竜太郎はそのわざわいがふたりの子どもにおよびはしないかと、それを恐れていたようです」

降矢木一馬の物語は、いよいよもって怪奇味をおびてくるのである。

憎みあう夫婦

「そのわざわいがふたりの子どもにおよびはしないかとおっしゃるのは……？」

金田一耕助はさぐるように相手の顔を見る。降矢木一馬はまぶしそうにその視線をさけながら、

「それはこうです。日奈児も月奈児もシャム兄弟でいるあいだ、すなわちわたしが前線から帰ってくる以前には、ふたりとも五百子になついていたんです。ところがわたしが前線からもどってきて、わたしの忠告でふたりが切りはなされてからというもの、どういうわけか日奈児だけがわたしになついてきたんです。日奈児には五百子よりもわたしのほうがよくなってきたんです。なつかれるとわたしもかわいい。それでしぜん、あま

りなついてくれない月奈児よりも、わたしは日奈児を愛しました。そのこと……すなわち日奈児がじぶんよりもわたしになついたということが、五百子をおこらせました。つまり五百子の自尊心を傷つけたんですね。しぜん、五百子は日奈児をいじめるようになる。それがいよいよ日奈児をわたしに接近させると同時に、このわたしをおこらせました。そこでその仕返しに、わたしはわたしで月奈児をいじめるようになる。こうして夫婦は完全に対立し、たがいに仇敵《きゅうてき》のように憎みあい、にらみあうようになったんです」

ひと息にそこまで語ると、降矢木一馬はひたいからしたたり落ちる汗をぬぐった。

それは暖炉の火がきつすぎたせいもあろうけれど、それ以上に、五百子にたいするはげしい怒りが、一馬の血をあつくするのである。

金田一耕助はあきれたように、相手の顔を見なおさずにはいられなかった。

降矢木一馬はこんどはガッチリ、金田一耕助の視線をうけとめると、

「金田一先生、あなたはたしか独身でしたね」

「はあ」

「それでは夫婦というものをよくご存じないわけです。夫婦というものは憎みあいだすときりがないものです。それはあかの他人よりももっともっと深刻なもんです。なぜならば、おたがいにこいつのために生涯を棒にふったという恨みつらみがつねにつきまとうておりますからな。しかも、それは男よりも女のほうに、より大きな憎しみの情が残るというのも当然でしょう」

なるほど、そういわれればそんなものかもしれないと、金田一耕助もうなずいた。

「つまり、竜太郎はそういう夫婦間のいざこざが、わが子にわざわいしないかということを恐れたんですね。じぶんが大きな財産をもっているだけに……」

金田一耕助はギクッとしたように、降矢木一馬の目を見返した。その目はつよい光をおびてするどくかがやいている。

「つまりあなたのおっしゃるのは、あなたなり奥さんなりが、じぶんの愛している日奈児さんなり月奈児さんなりに、財産をひとりじめにさせたいがために、じゃまになる相手を殺しはしないかと……」

「ええ、そう」

と、一馬はつよくうなずいて、

「五百子はそういうことをやりかねまじき女です。あれはわたしを憎んでいるばかりでなく、日奈児そのものを憎んでいます。じぶんを捨てて、憎いわたしについた日奈児を……！」

「しかし、ご主人あなたはどうです。あなたもやっぱり月奈児さんをどうかしようと……？」

降矢木一馬はあいかわらず、するどいかがやきをおびたひとみで、キッと金田一耕助をにらみすえながら、

「金田一先生、わたしにはそれほど乱暴なかんがえはないといえばうそになりましょう。

むろんはじめからわたしにそういうかんがえがあったわけではない。しかし、相手が相手ならこちらもこちらというかんがえはまえからありました。だから、こちらが先手をうって月奈児をやってしまったほうが、日奈児の幸福になるとはっきりわかったら、わたしだって決行するにちゅうちょはしませんな」

金田一耕助はゾーッと総毛立《そうけだ》つようなものを、感じずにはいられなかった。

金田一耕助は五百子という婦人をまだ知らない。しかし、彼女が一馬のいうような女であるとしたら、一馬も五百子ももはやふつうの人間ではない。子どもの愛に目がくらんだ……いや、いや、それ以前に意地のために気の狂った、狂暴な気ちがいとしか思えない。

「降矢木さん」

と、金田一耕助は沈んだ声で、

「あなたはたいへんにわたしを驚かせました。しかし、そういう打ち明け話をなすったあなたは、いったいわたしになにを期待していらっしゃるんですか」

「五百子のようすを偵察してきていただきたいんです」

一馬は言下にキッパリ答えた。

「ああ、それじゃあなたは奥さんの居所をご存じなんですね」

しかし、そのことは一馬のさきほどの口ぶりから、金田一耕助にも察しられていたところである。一馬はつよくうなずいた。

「どういうふうにして知られたんですか」

「それはこうです。日奈児と月奈児は誕生日がおなじです。だから、日奈児のほうへあして誕生日の使者がくる以上、月奈児のほうへもいっているにちがいないと思ったんです。では、うちへくる男とちがった男がいってるだろうか。……いや、いや、こういうだいじな秘密を幾人もの男に知らすはずはない。それに、誕生日の使者はひどく朝早くくるときと、日が暮れてからやってくるときと、ふたとおりあるんです。しかも、それが一年おきなんです。だから当然、おなじ男が二軒の家を往復しているにちがいないと気がつきました。去年は使者が朝早くくる番でした。そこでわたしが使者のあとをこっそり尾行したんです。わたしは五百子の居所がわからんと、不安でたまらなかったものですから」

「それで、五百子さんの居所、すなわち月奈児さんの居所をつきとめられたんですね」

一馬はすごい目をしてうなずくと、

「そして、ことしは五百子がおなじこと……すなわち去年わたしがやったとおなじことをやったんじゃないか。しかし、わたしは去年あの男に、尾行を感づかれたとしても殺そうとまでは思わなかったろう。それだけにこわい。もし五百子のやつが誕生日の使者を尾行してきたものだとしたら……」

一馬は熱い息をはき出すと、急に寒気をもよおしたように、ゾクリとからだをふるわせるのである。

ああ、こうして金田一耕助は、竜神館に一夜をもとめたところから、いろいろ奇怪な事件のウズのなかに、まきこまれていくことになったのだ。

海神館のひとびと

東京湾を東と西から抱いている房総、三浦のふたつの半島。

この三浦半島のとっさきに城が島の燈台があり、その付近に竜神館が建っていることは、この物語のはじめにいったが、いっぽう房総半島のとっさきにも洲崎《すのさき》の燈台が建っている。そして、その洲崎の燈台の付近にも、竜神館とそっくりおなじ建物が建っており、付近のひとはこれを海神館《かいじんかん》と呼んでいる。

うち見たところ、異国情緒――と、いうよりも、むしろいくらか南国情緒をおびた白亜の建物で、やかたの正面の壁にまるで船のへさきにあるような海神の像が彫りつけてあるが、この海神、胴体はひとつしかないのに、頭がふたつ、手が四本、足が四本ついているところも、竜神館とおなじである。

古くからこのあたりに住むひとの話によると、海神館が建てられたのは、いまから十年以前、昭和二十三年のことだというが、だれもおなじような建物が、海をへだてたむこう岸の、三浦半島のとったんにも建てられたことは知っていない。

さて、このやかたのあるじは東海林月奈児といって、まだやっと十四か十五の少年である。したがって、そこには月奈児の後見人がいっしょに住んでいるが、この後見人は降矢木五百子といって、もうそろそろ六十ちかい老婦人である。

五百子は身長一メートル八十センチくらい、したがって日本の女としてはずいぶん背の高いほうである。髪はもう半分くらい白くなっているが、からだはいたってじょうぶでやせぎすではあるが、なよ竹のような強じんさをおもわせる長身を、いつも黒っぽい洋装でつつんでいる。

付近のひとはいままで十年、この五百子というひとの、笑顔をついぞ見たことがない。べつに苦虫をかみつぶしたような顔というのではないが、性格のきびしさがそうさせるのか、いつもげんぜんたる表情を、かたくむすんでくずさない。

さて、海神館にはこのほかに、もうふたりの人物が住んでいる。

そのひとりは緒方一彦《おがたかずひこ》といって、月奈児の家庭教師である。月奈児少年も去年初等科の教育をおわり、中等教育へ進んだので、それまでの家庭教師と交代に去年の四月から緒方一彦が、海神館に住みこむようになったのである。緒方一彦は二十七、八歳、東大出身ということだが、いかにも秀才らしい好男子で、月奈児をこのうえもなく愛しているようだ。

さて、もうひとりというのは山本安江という四十くらいの中年の婦人で、このひとが炊事から洗たく、掃除と、家事のいっさいをやっている。でっぷり肥ったのんきそうな女だが、五百子にたいしては絶対服従で、少しぬけているのではないかと思われるくらい柔順である。安江がひとに語ったところによると五百子は昔、女学校の先生をしていたことがあるそうな。

さて、昭和三十三年十月八日、すなわち、対岸の竜神館であゝいう事件があってから三日めのことである。

この海神館へ降矢木五百子をたずねてきたひとりの人物があった。

安江から名刺をうけとると、

「金田一耕助……？」

と、五百子は小首をかしげながら、

「どういうひと……？」

「さあ、どういうひとって、きものにはかまをはいた貧相な男で……」

「安江さん」

と、五百子はきびしい声でたしなめるように、

「お客さまのことをそんなふうにいうものではありません。それよりどういうご用件か聞いてみましたか」

「はあ、なんでも、先生のだんなさまからのお使いだそうで」

「わたしのだんなさま？」

「降矢木一馬さまでございます」

「降矢木一馬……」

その名をきくと五百子はまるで、いすからハリでもとび出したように、ビクンと床の上に立ちあがった。いっしゅんサッと憎悪の色がきびしい顔をいっそうとげとげしいものにする。

五百子はしばらく、キッとくちびるをかみしめながら、へやのなかをあちこちと歩きまわっていたが、やがて心を決めたかのように、

「会ってみましょう。応接室へ通しておいてください」

と、きびしい口調で命令すると、またへやのなかを歩きはじめる。

「あの男はやっぱりここを知っていた。悪党めが……いったい、なにをたくらんでいるのか……」

口のなかでつぶやきながら、おりのなかの猛獣のように、せわしなくへやのなかを歩きまわっている。その顔には血にうえたオオカミのようにものすさまじい憤怒の色がうかんでいる。

応接室へ通されたとき、金田一耕助はそこもまた、竜神館の応接室と、すっかりおなじに設計されているのをみて、おもわず白い歯を見せて微笑した。

東海林竜太郎という人物は、ふたごの少年に、あくまで平等な権利と待遇を、あたえるつもりなのであろう。このぶんだと、家の間取りもほかのへやの設計もあくまで竜神館とおなじなのにちがいない。

金田一耕助はふと、卓上にひろげられている新聞に目をおとした。これは東京で発刊

されている新聞で、しかも一昨日六日の夕刊であった。そして、そこには竜神館における奇怪な事件の記事がのっているのである。

金田一耕助はおもわずくちびるをほころばしたがそのとき、廊下のほうに足音が聞こえてきたので、すばやくテーブルのそばをはなれると、窓のそばへよってなにげなく、戸外に見える海の上へ目をやった。

「金田一耕助さんでいらっしゃいますね」

その声にクルリとふりかえった金田一耕助は、ひとめ五百子の姿を見たとたんに、黒いかげろうのようなものを連想した。五百子の顔からはむろん、さっきのような凶暴な色は消えている。それでもなおかつ金田一耕助は、なにかしら五百子の姿に、いまいましいものを感じずにはいられなかった。

「はっ、金田一耕助でございます。妙な時刻におうかがいして失礼ですが、汽車の時間の関係で、こういうことになってしまいました」

じじつ、それははじめての家を訪問するには、いささか時刻はずれの午後四時だった。

それにたいして、五百子はなんにもいわず、

「ともかくおかけください。立っていてはお話になりません」

「はあ、それでは失礼いたします」

金田一耕助がテーブルにむかって腰をおろすと、五百子は卓上にある新聞を見て、ハッとしたように金田一耕助の顔色をうかがった。しかし、すぐさりげなくそれをたたん

でかたわらにおしやると、金田一耕助の真正面に腰をおろして、

「まず第一にお尋ねいたしますが、あなたは一馬といったいどういう関係がおありなんでしょうか」

それが最初の、そしてさぐるような質問だった。

海神館炎上

「はあ、じつはわたし私立探偵を職業としておるのでございますが、たまたま去る五日の夜、竜神館に泊めていただいたところが、そこにひとつの事件が起こりまして……その事件というのをご存じでしょうか」

五百子は知ってるとも知らぬとも答えず、

「それで……?」

と、切り口上であとをうながす。

「はあ、それでむこうにああいう不吉な事件が起こったものですから、こちらにもなにか間違いがありはしないか、それを聞いてほしいとおっしゃって……」

「一馬はしかし、どうしてここを知ってるのでしょう」

「えっ?」

金田一耕助はわざとそらとぼけて、

「それはもちろんご夫婦ですから……」

しかし、金田一耕助のそういう技巧も、このするどい婦人の前では通用しなかった。

「いいえ、わかりました。あの悪党はまえからここを知っていたのですね。きっとあの誕生日の使者をつけてきたにちがいない。そして機会があったら月奈児をどうかしようと……」

ああ、やっぱりこの婦人も一馬とおなじことをかんがえているのだと思うと、金田一耕助は背すじをつらぬいて走る戦慄《せんりつ》を禁じえなかった。しかし、金田一耕助はわざとさりげなく、

「ああ、その月奈児さんですがね。お元気でいらっしゃるかどうか、それをたしかめてきてほしいとおっしゃって」

「月奈児は元気です。それより日奈児はどうですか」

「はあ、とってもお元気のようです。わたしもあんなにかわいい坊やは見たことがありません。それに小坂早苗さんというやさしい家庭教師がついて成績もなかなかおよろしいそうで、降矢木さんも大自慢でいらっしゃいました」

さすがにするどい五百子もそこは女である。まんまと金田一耕助の手にのったとみえ、話なかばから頬っぺたがヒクヒクけいれんしていたが、やがてたまりかねたように卓上のベルをおした。

「ああ、安江さん、ここへ月奈児を呼んできてください。ああ、それから緒方先生にも

どうぞ」

それから金田一耕助のほうをふりかえると、

「それではうちの月奈児にも会ってください。わたしは月奈児を日奈児のようにひ弱くは育てませんでした」

「ああ、そうすると奥さんは、日奈児さんにお会いになったことがおありなんですね」

さりげない金田一耕助の質問に、五百子はハッとしたように、心中の動揺を顔にあらわした。そして、いまにもつかみかかりそうなものすさまじい目で、金田一耕助をにらんでいたが、耕助はすました顔で、

「ああ、いらしたようですね」

と、ドアのほうをふりかえった。

家庭教師の緒方一彦に手を引かれて、オズオズとそこへはいってきた月奈児は、日奈児とそっくりうりふたつである。五百子はさっき月奈児を、日奈児のようにひ弱く育てなかったといったが、しかし、かくべつ頑健そうにも見えなかった。色白の、きゃしゃな美少年である。

「緒方先生」

と、五百子は金田一耕助を紹介もせず、

「月奈児の成績はどうでしょうか」

と、きびしい口調である。

緒方一彦はちょっととまどいしたように、ふたりの顔を見くらべていたが、

「はあ、とても優秀ですよ。ふつうの中学へはいれば当然、トップです」

「泳ぎはどのくらいできますかしら」

「千メートルはゆうに続泳できますよ。来年は三千メートルくらい平泳ぎをやられるでしょう」

「ランニングは……」

「このあいだ百メートルをぼくと競走したんですが、ぼく、負けましてね。それでいて、ぼく学生時代ランニングの選手だったんですからね」

金田一耕助はふしぎそうな目をして、緒方青年の顔を見ていた。なかなかの好男子でもあり、いかにも秀才らしい印象だのに、どうしてこんなに、かるがるしい口調でものがいえるのだろう。

「ありがとう、緒方さん。それでは金田一さん、いまお聞きおよびのとおりですから、なにとぞそのとおり報告してください」

これで面会はおわったとばかりに、五百子はいすから立ちあがる。

これでは金田一耕助もとりつくしまがない。かれはもっといろいろなことを、この婦人から聞き出すつもりであった。しかし、五百子は鋼鉄のようなつめたい意志の持ち主である。さすがの金田一耕助もこの女には歯が立たなかった。

その晩、付近のうすぎたない宿に泊まった金田一耕助は、おもわず苦笑せずにはいら

れなかった。あわよくばかれは海神館へ一泊するつもりであった。そのためにわざと訪問の時刻をおくらせ、いやでもお泊まりなさいといわざるをえないようにしむけるつもりであった。しかし、どうやらむこうのほうが一枚上手であったようだと、じぶんでじぶんをあざけった。

こうなったらしかたがない。五日の日、五百子が洲崎をはなれてどこかへいったか、夜が明けたらそれを調べてみようとかんがえながら、金田一耕助はうすぎたない寝床のなかへもぐりこんだが、まよなかごろ、けたたましい半鐘の音にふと目をさました。

はっとして枕から頭をあげると、道を走っていくひとの、

「海神館だ、海神館だ!」

と、くちぐちにわめく声が聞こえたので、ギョッとして雨戸を一枚めくってみると、いまや海神館はひとかたまりのほのおと化している。金田一耕助はそれを見ると大いそぎで身支度をととのえはじめた。

それから、数分ののち、もえさかる海神館へかけつけると、パジャマ一枚の緒方一彦が、おなじくパジャマ姿の月奈児を抱いて、もえさかる海神館をぼうぜんとしてながめている姿が目についた。そばにはこれまたパジャマの上に、コートをはおった五百子が、ギラギラと血走った目で、もえさかるほのおを見つめていた。

さいわい月奈児にけがはなかったけれど、こうして海神館は焼けおちた。竜神館であいう事件があった直後に、海神館が焼失したというのはぐうぜんだろうか。そこには

何者かの邪悪な意志が働いているのではあるまいか――。

金田一耕助はそれをかんがえると、おもわず体内の戦慄をおさえることができなかった……。

等々力警部

金田一耕助はいま、すっかりとほうにくれている。

それというのがこうである。

海神館が焼失したその翌々日、その報告をもたらすため竜神館を訪問すると、これは何としたことだろう。竜神館はもぬけのからになっているのである。

付近のひとにきいてみると、きのうの昼過ぎどこからか三台のトラックがやってきて、家財道具いっさい運び出したというのである。しかも、元来が近所づきあいのない家庭だったから、どこへもあいさつはしておらず、いったいどこへ引っ越していったのか、かいもく見当もつかなかった。

金田一耕助もこれには驚いてしまった。いや、驚くというよりとほうにくれた。

耕助は降矢木一馬から多額の報酬をもらっているのである。その額はたった一回海神館を訪問したくらいでは、とてもうまらないていどの多額なものである。しかも、かれはこのあいだの殺人事件について、いまのところなんの結論も出していない。

むしろ、これからいよいよというやさきになって、依頼人がいなくなってしまっては、報酬のもらいっぱなしということになり、これではいささか気持ちが悪い。

そこで金田一耕助は思いついて、警察へたずねていった。

警察でもこの事件の捜査主任、山口警部補が大憤慨のさいちゅうだった。

「あっ、これはこれは金田一先生」

と、警部補の態度がこのあいだとすっかり変わっているのは、おそらくあとで金田一耕助のことをだれかに聞いたのであろう。

「先生もなにかあの事件について……？」

「いや、そういうわけでもないんですが、ちょっと降矢木氏にたのまれていたことがあったもんですから……」

「たのまれていたこととおっしゃると、やはりこんどの事件のことで……？」

「いや、事件にはかくべつ関係はないんです。降矢木氏個人の問題なんですがね」

「個人の問題とおっしゃると、どういうこと……？」

山口警部補はしつこく追究してきたが、それはうっかり口外すべきことではなかった。

山口警部補はまたこんどの事件について、金田一耕助の意見をただしたが、これまた耕助にもまだこれという意見はなかった。

山口警部補は大いに失望したようだが、金田一耕助もそれにおとらず失望した。けっきょく警察でも降矢木一家が、どこへ引っ越したか知っていないということを、たしかめたにすぎなかった。

そこで、ゆくえがわかったら知らせてくれるようにたのんだかわりに、こんどの事件について、なにかわかったらお知らせしようと約束して、その日は三浦半島から引きあげた。

ところが、そのつぎの日、金田一耕助がさらに驚いたのは、房総半島の洲崎へ出向いてみて、海神館の住人が、これまたどこかへ姿をくらましてしまったのを発見したことである。

海神館の住人たちは、やかたが焼失するといったん土地の宿屋に身をよせていたが、一昨日……と、いうことは、竜神館のひとたちが三浦半島を立ちのいた日である……これまたいずこともなく引き払っていって、だれもそのゆくえを知らないというのである。

こうして竜神館と海神館の住人が、同時にゆくえをくらましたのは、あきらかに竜太郎の指令によるものであろう。しかし、その竜太郎がどこにいるのかわからないのだから、金田一耕助も手のくだしようがない。

ちょっと思案にあまった金田一耕助は、思いたって警視庁の捜査一課の第五調査室へ、等々力《とどろき》警部をたずねていった。

等々力警部と金田一耕助の関係は、ちょうどいっしょに住んで、たがいに助け合う共棲《きょうせい》動物のようなものである。警部はしばしば金田一耕助のアドバイスによって事件を解決し、金田一耕助は金田一耕助で、等々力警部を通して、警視庁という有力な犯罪捜査機関を利用しているのである。

「いやあ、金田一さん、しばらく。あなた三浦方面をご旅行なすったんですって?」

「アッハッハ、これは驚きました。地獄耳とは、警部さん、あなたのことですね」

「ああ、じゃの道はへびといいましてね。アッハッハ。いや、それはそれとして金田一さん、まるであなたのいらっしゃるところ、いたるところに犯罪ありというかっこうじゃありませんか」

「いやなことをいわないでくださいよ、警部さん。いや、じつはそのことについてお尋ねにあがったんですが、あなた東海林竜太郎という人物をご存じじゃありませんか」

「ああ、それなんですがね」

と、等々力警部がきゅうにまじめな顔になると、

「じつは三崎のほうから照会があったので、こちらのほうでもいちおう調査しておいたのですが、こいつ相当な大物ですね」

「大物というと……?」

「いや、じつはこうなんです。これはむしろ捜査一課の問題じゃなく、二課関係の仕事なんですがね」

捜査一課というのは殺人や強盗などを担当する係だが、それに反して、二課というのは、主として経済的な犯罪、脱税とか密輸とか、そういう方面をあつかう係である。

「それで、三崎のほうから照会があったので、二課のほうへ聞きあわせてみたんですが、

だいたいこういう人物なんです」

と、等々力警部がメモをくりながら、語り出した話というのはこうである。

日月商会

昭和二十一年ごろマレーから復員してきた竜太郎は、はじめのうちヤミ商売みたいなことをやっていたらしい。それから時計や薬品の密輸なんかにも、関係していたようであると等々力警部はつけくわえた。

しかし、戦後のインフレもおさまり、世のなかもしだいに落ちついてくると、不正事業から絶縁し、いまでは日月商会という貿易商をやっているというのである。

「しかし……」

と、金田一耕助はふしぎそうに、

「その東海林竜太郎というのは、いまゆくえをくらましているというじゃありませんか」

「そうです、そうです。昭和二十三年以来、地下へもぐっちまったんです」

「それじゃ、その日月商会というのはだれがやってるんです」

「陸軍士官学校時代以来の親友で、立花勝哉《たちばなかつや》という人物が社長の代理をつとめているんですね。しかし、いっさいのさしずは、地下へもぐっている東海林竜太郎から出ているらしいということです」

「警部さんは東海林竜太郎が地下へもぐっている理由をご存じですか」

「いや、これはこんど三崎からきた報告によって知ったんです。それですから、その点に関するかぎり、あなたのほうがくわしいんじゃないかと思うんだよ……」

と、等々力警部はさぐるような目で、金田一耕助を見つめている。

しかし、それにたいして金田一耕助はわざと知らん顔をしていた。たとえ等々力警部から正式に質問が切り出されたとしても、金田一耕助には答えることができなかったであろう。それは依頼人の秘密であり、それを守ることが金田一耕助のような職業のものにとっては、なによりたいせつなことなのだから。等々力警部もそれを知っているから、あえてしつこく聞こうとはしなかった。

「それで、いま日月商会の社長代理をしている、立花勝哉というのはどういう人物なんですか」

「いや、どういう人物かとおっしゃっても、わたしはまだ会ったことはありませんが、新井くん、新井刑事の話じゃ相当の人物らしいんですね」

「新井さんは、じゃ、立花という人物に会ったんですね」

「それはもちろん。三崎から照会があったので、日月商会へいってみたんです。三崎の警察から被害者の写真を送ってきたので、それをもってたずねたんです」

「それで、被害者の身もとはわかりましたか」

「わかりました。郷田《ごうだ》啓三《けいぞう》という男で東海林竜太郎の旧部下です。まるで犬のように忠実に東海林につかえていた男だそうです」

「それで立花という人物は、東海林竜太郎の居所をいわないんですか」

「それなんです」

と、等々力警部は身をのり出して、

「新井くんが手をかえ品をかえ、いかに尋ねてもがんとしていわなかったそうです。そういう意味ではひと筋なわではいかん男らしい」

金田一耕助はそれから二、三、立花勝哉や竜太郎のことを尋ねてみたが、等々力警部もそれ以上、くわしいことは知っていなかった。

「それより、金田一さん、三崎のほうからの報告によると、犯人は青い、コバルト色をした髪の毛の持ち主だというんですが、あなたもその髪の毛をごらんになりましたか」

金田一耕助がうなずくのを見ると、

「しかし、金田一さん、コバルト色の髪の毛なんて、はたしてそんなものがこの世に存在するんでしょうか。金髪だとか、とび色の毛というのは聞いたことがあるが……」

「それがあるんですね。しかし、それはうまれつきのものではなく、後天的にそうなったらしい……」

「後天的にとおっしゃると……？」

「いや、それ以上のことはぼくも知りません。しかし、警部さん、ぼくにはなんだかこの事件が気になるんですよ。事件は三崎で起こった郷田啓三……と、いうんですか、その郷田殺しにとどまらず、こんご恐ろしい事件があいついで起こるんじゃないかと、そんな気が強くしてならないんです」

金田一耕助は気になるように、頭を二、三度左右にふったが、さて、その金田一耕助にも、いったいどのようなことが起こるのか、予測することはできなかった。

しかし、いずれにしても東海林竜太郎の代理の人間がわかったのはしあわせだった。あしたにでも日月商会へたずねていって、ことしだいによっては、降矢木一馬からあずかった金を返してしまおうと、そんなことをかんがえながら、じぶんの住んでいるアパートへ帰ってくると、まるでかれの帰りを待ちかまえていたかのように電話がかかった。

なにげなく受話器を取りあげると、

「ああ、もしもし、金田一先生……金田一耕助先生でいらっしゃいますか。こちら日月商会の専務で、立花勝哉という者ですが……」

金田一耕助はおもわずギクリと目をとがらせた。

双玉荘

その翌日、中央線吉祥寺《きちじょうじ》で電車をおりた金田一耕助は、立花勝哉から教えられた道をたどって、最近建ったばかりと思われる双玉荘《そうぎょくそう》の門をくぐったが、そのとたん、おもわず大きく目を見はった。

この双玉荘というのは、全部洋風建築なのだが、中央は平屋のバンガローふうの建物なのに、その両翼に二階建てがつながっているのである。したがってかんじんのおも屋はまるで、両翼に建っている二階建ての洋館のために、おしつぶされそうなかっこうに見えた。

しかし、金田一耕助がおもわず大きく目を見はったというのは、そういうふうがわりな建築様式のせいではない。かれが門をはいっていくと、その足音に気がついたのか、両翼の二階の窓から、いっせいに四人の人物が顔を出したからである。

むかって右の建物から顔を出したのは、降矢木一馬と日奈児少年だった。いや、日奈児か月奈児か、金田一耕助には見分けのつけようもないのであるが、降矢木一馬といっしょにいるところをみると、日奈児にちがいない。

さて、むかって左がわの建物から顔を出したのは、いうまでもなく五百子夫人と月奈児少年である。

金田一耕助は立ちどまって、あらためて左右両翼の建物を見くらべた。それが、なにからなにまで、そっくりおなじにつくられていることに気がつくと、おもわずくちびるのはしに微笑がのぼってくるのを禁ずることができなかった。東海林竜太郎という人物は、よほど公平ということを気にするらしい。

しかし、それはそれとして、左右の建物が、日奈児と月奈児のために建てられたものだとしたら、中央のおも屋は当然、竜太郎自身のものでなければならぬ。金田一耕助はおもわず緊張を感じずにはいられなかった。

左右両翼の二階からのぞいているひとびとのうち、降矢木一馬はなつかしそうに笑ったが、五百子はニコリともしなかった。むしろ、憎にくしそうに金田一耕助の顔をにらむと、月奈児をうながして窓の中へ姿を消した。

そのあとへかわって顔を出したのは、家庭教師の緒方一彦である。

金田一耕助は緒方一彦にえしゃくをかえすと、降矢木一馬と日奈児のふたりに手をふりながらまっすぐにおも屋のほうへ進んでいった。

気がつくと門をはいったところから、正面のおも屋と、左右両翼の建物と、三方へむかって舗装道路が放射状についているのである。

おも屋の玄関に立ってベルをおすと、四十前後の男がなかからドアをひらいた。執事（主人のかわりに家の中を取りしまるひと）とでもいうのであろう、洋服を身だしなみよく着ているが、感じが三崎の竜神館で殺された郷田啓三という男に似ているところをみるとこれまた竜太郎の旧部下なのかもしれない。

金田一耕助が名まえをつげると、

「はあ、さきほどからお待ちかねでございます。さあ、どうぞこちらへ……」

と、案内されたのはデラックスな応接間である。

「少々お待ちください。ご主人さまがすぐお見えになりますから……」

と、案内の男は引きさがったが、待つほどなくはいってきたのは、年は四十五、六だろうが、もうすでにだいぶんひたいがはげあがって、ゆったりと肥満した紳士である。身長は一メートル八十センチちょっとというところか。金田一耕助は淡い失望を味わわずにはいられなかった。

案内の者がご主人さまといったので、ひょっとすると東海林竜太郎に会えるのではないかと思っていたが、このひとは東海林竜太郎ではない。降矢木一馬の話では、竜太郎は一メートル九十センチという背の高い男だということだ。

「お待たせいたしました。わたし、きのうお電話申し上げた立花勝哉でございます」

さすがに軍人あがりだけあって、ものごしはテキパキしているが、ことばはいたってていちょうである。

「はあ、いや、私こそ失礼いたしました。それで、この私にご用とおっしゃるのは……？」

「はあ、いや、それでございますがね」

と、ちょっと沈んだ目の色になり、

「そのお話を申し上げるまえに、いちど先生に会っていただきたい人物がございまして……恐れいりますが、ちょっとこちらへきてくださいませんか」

と、みずから先に立ってドアから出ていく。

金田一耕助はちょっと不気味なものを感じたが、いまさら断るわけにもいかなかった。

しかたなしにあとからついていったが、こうして中へはいっていくと、ずいぶん広い建物だと思わずにはいられなかった。

やがて、いちばん奥まったへやのまえまでくると、立花がしずかにノックして、

「私だ。立花だ。金田一先生をお連れしたんだが……」

すると、なかからドアをひらいたのは、花のようにうつくしい看護婦である。

「どう、病人は……？」

「はあ、よくおやすみでございます」

「ああ、そう、それでは金田一先生にちょっと会っていただきたいのだが……」

金田一耕助が立花のあとについてはいっていくと、豪しゃなベッドの上に男がひとりこんこんと眠っていたが、その顔を一目見たとたん金田一耕助は身うちが寒くなるようなものをおぼえた。

頬はこけ、目は落ちくぼみ、ボシャボシャと無精ひげの生えた顔は土色をしており、そこには明らかに死相があらわれている。

「ど、どなた……？」

「東海林竜太郎……日奈児、月奈児兄弟のおやじなんです」

金田一耕助はおもわず息をのんで、

「ど、どこかお悪いので……？」

「ガンです。喉頭《こうとう》ガン……もう半月はもつまいと医者から宣告されております」

むろん、病人に聞こえないような低い声だったが、金田一耕助は爆発でもしたような大きなショックを感じずにはいられなかった。

さっきから左右両翼の二階の窓からのぞいていた、憎みあう一馬と五百子の顔を思い出したからである。

病人のへや

「で……？」

と、金田一耕助は悲惨な病人の顔から目をそらすと、おしころしたような声でつぶやいて、かたわらに立っている立花勝哉をふりかえった。

なぜじぶんをこのような、ひん死の病人の枕もとへ案内したのか、その意味がよくのみこめなかったからである。

「いや、少々お待ちください。いまこの病人の肉親の者がまいりますから。加納《かのう》さん」

「はい」

と、病人の看護にあたっていた、花のようにうつくしい看護婦がつつましやかに返事をする。

「病人の肉親のひとたちをここへ呼んでください」

「はあ、あの……ごいっしょにお連れしてもよろしいでしょうか」

「そうだねえ。やっぱりべつべつにしたほうがいいだろう。まず東翼のひとたちを……」

「はい、承知しました」

　と、看護婦がつつましやかに出ていこうとするのを、

「ああ、ちょっと……」

　と、立花勝哉が呼びとめて、

「金田一先生、紹介しておきましょう。こちら加納美奈子《かのうみなこ》さんといって、病人にたいしてながらく、献身的な愛情をもって看護にあたってくれた婦人です。加納さん、こちらが有名な私立探偵の金田一耕助先生」

「はあ、はじめまして。今後ともなにぶんよろしく」

　うつくしい看護婦にていねいにあいさつをされて、金田一耕助はめんくらった。

「いや、いや、ぼ、ぼくこそよろしく」

「加納さん、それでは東翼のご連中をどうぞ」

「はい、すぐ、そう申してまいります」

　へやを出ていく美奈子のうしろ姿を見送って、金田一耕助はいよいよふしぎそうに小首をかしげた。ひん死の病人のへやへ案内するのさえふしぎなのに、たかが看護婦にたいして、あのていねいな紹介はどういう意味だろう。しかし、立花勝哉はいっこうにおかまいなしの表情で声こそ低かったが、ことばつきはテキパキしていた。

「さあ、どうぞそこへおかけなすって」

と豪しゃなアームチェアを指さすと、みずからまず腰をおろして、ポケットから、

「一本いかがです」

と、外国たばこの箱を取り出した。

「かまいませんか。病人にたいして」

「なに、だいじょうぶです。呼吸器病患者ではありませんから」

それにしても喉頭ガンといえば、一種の呼吸器病もおなじことだがと思いながら、しかし、あいてがあまりむぞうさな態度なので、金田一耕助もついつりこまれて、箱のなかから一本ぬき取った。

「金田一先生は、日奈児にも月奈児にもお会いになったそうですね」

「はあ、ぐうぜんのことから……」

「じつはそのことについて、いずれ重大なお願いをしなければなるまいと思ってるものですから、そこできょう、こうして、病人に会っていただいたのですが……」

「重大なたのみとおっしゃると……」

「いや、いまはまだそれを申し上げるべき段階ではないのですが」

そのとき、病人がゴロゴロとのどを鳴らして苦しそうになにやらつぶやいたので、ふたりは、ハッとそのほうをふりかえったのだが、病人は、またそれっきりこんこんと眠りつづける。

金田一耕助がへやのなかを見まわすと、そこは十畳じきばかりの豪しゃな洋間なのだ

がいま金田一耕助のはいってきたドアのほかに、もうひとつドアがあるほかは、換気孔《かんきこう》がふたつあいているだけで、窓というものがひとつもない。したがって、昼でも電気をつけなければならないような陰気なへやで、これでは病人たらずとも呼吸がつまりそうである。

立花勝哉は金田一耕助のそういう気持ちを読みとったのか、

「いや、わたしもこれではよくないと思うのですが、病勢がつのってから、本人が明るい光線をきらうようになりましてね。みずからこういうへやを設計したんです」

「ご病気はいつごろから」

「だいぶまえから悪かったらしいんですが、それとはっきり決定したのは去年の暮れで、ことしの春あたりからしだいに悪化して」

「この家はいつごろできたのですか」

「先月のなかばごろ完成したんです」

「それまではどこにいられたんですか、東海林氏は……?」

「いや、それはいえません」

と、立花勝哉がしぶい微笑をうかべたとき、コツコツとドアをノックする音が聞こえた。

「おはいり」

立花勝哉が声をかけると、ドアをひらいてはいってきたのは降矢木一馬と日奈児である。日奈児はおどおど一馬にすがりついている。

「立花さん、竜太郎の容態は……？」

「はあ、降矢木さん、ごらんのとおりです」

と、おたがいに声をひそめて語りあっているとき、とつぜん、ベッドのほうから弱々しい声が聞こえてきた。

「ああ、にいさん……日奈児……こちらへおいで」

おりもおり、東海林竜太郎が昏睡《こんすい》状態からさめたのである。

父子の対面

「おお、竜太郎、気分はどうじゃな」

降矢木一馬が日奈児を連れて、枕もとへ近よると、熱にかがやくような目をそのほうへむけて、

「ああ、にいさん、あ、ありがとう」

と、しゃがれてかすれた低い声で、

「きょうはいくらかいいようです。……日奈児こっちへこんか」

日奈児はうれしいような、はずかしいような微笑をうかべて、降矢木一馬のからだにすがりついている。

「これ、日奈児、おとうさんがそばへこいとおっしゃる。どうしてそばへいかないんだ」

日奈児は、はにかみの色をうかべながら、それでも、

「おとうさん」

と、小さい声で父を呼ぶと、なつかしそうにベッドの上をのぞきこんだ。

「おお、日奈児……」

東海林竜太郎は深い愛情をたたえた目で愛児の顔を見守りながら、

「よく勉強しているか」

「はい」

「からだもだんだん大きくなるな」

「ああ、竜太郎、日奈児は同じ年ごろの少年としては、からだも頭もりっぱなものじゃ」

「にいさん、……あ、ありがとう」

と、竜太郎は日奈児の顔から目をはなさず、

「日奈児……大きくなったら、りっぱな人間になるんだよ」

「はい。おとうさん」

東海林竜太郎は、なおもなにかいいかけたが呼吸がつまるのか苦しげに顔をしかめて、細いふしくれだった手でのどをかきむしる。

それを見て看護婦の加納美奈子が、あわてて枕もとへ近よると、吸い飲みの口を病人の口にあてがった。

東海林竜太郎はゴクゴクと、ふた口三口吸い飲みの水を口にふくむと、ホッと弱々しい息をはく。

「社長」

と、そばから立花勝哉がのぞきこむと、

「きょうはこれくらいで……おつかれになるといけませんから」

東海林竜太郎は力なげにうなずくと、降矢木一馬にむかって、むこうへいけというように弱々しく手をふりながら、それでもその目はあくこともなく、日奈児の顔を見つめている。

「それでは降矢木さん、きょうはこれで。社長がおつかれになるといけませんから」

降矢木一馬はなんだか心残りのようであったが、立花勝哉の厳然たる態度にさからいかねたのか、

「竜太郎、だいじにするんだよ。さあ、日奈児、おとうさんにまたあしたとおいい」

と、その声は涙にうるんでふるえていた。

「おとうさん、またあした……」

日奈児が教えられたとおりにいうと、竜太郎はやさしく愛情をたたえた目で、日奈児を見ながらこっくりうなずく。

看護婦の加納美奈子のひらいたドアから、降矢木一馬が日奈児を連れて出ていくと、立花勝哉が枕もとをのぞきこんで、

「社長、月奈児さんにお会いになりますか」

ちょっと返事がなかったので、

「きょうはおよしになったら、おつかれのようですから……」

その声が耳にはいったのか、東海林竜太郎は目をつむったまま、

「加納さん」

と、低い、しゃがれた声で呼んだ。

「はい」

「月奈児を……ここへ呼んでください」

「でも、社長さま。専務さんもああいって、心配していらっしゃいますから」

「いいや、やっぱり呼んでください。日奈児に会って、月奈児に会わぬなんて、そんな、そんな不公平なことはできん」

美奈子が相談するような目を立花勝哉にむけると、立花勝哉は無言のままうなずいた。

美奈子の出ていく足音が聞こえたのか、東海林竜太郎はとつぜん目をひらくと、

「立花くん、金田一耕助先生は……？」

「ああ、金田一先生ならさっきからここにいらっしゃいます」

「ああ……なぜ、それをはやくいわんのだ。金田一先生……金田一先生……」

「はあ、ぼく金田一耕助です」

金田一耕助が枕もとへ顔を出すと、竜太郎は熱っぽい目で、まじまじとその顔を見て

いたが、すぐまたまぶたをとじると、

「金田一先生」

「はあ」

「あなたのおうわさはかねがね聞いておりました。……また、このあいだは兄貴がお世話になりましたそうで……」

兄貴が世話になったというのは、このあいだの竜神館の一件をいうのであろう。

「いいえ、いっこうお役にたちませんで……」

「金田一先生」

と、竜太郎は苦しそうに呼吸をついで、

「郷田啓三は殺されました。……わたしの誕生日の使者は殺されました」

「はあ」

「あれは、あれはわたしにとってはかわいい忠実な部下でした。あれを殺した犯人を見つけて下さい」

「承知しました」

「それから……それから、わたしはまもなく死ぬでしょう。わたしの死んだあとのことは……」

「はあ」

「万事、立花にまかせてあります。立花に……立花によく話をお聞きになってください」

東海林竜太郎はそこで苦しそうに声をとぎらせたが、そのときドアをノックする音が聞こえた。

虎若虎蔵

五百子はあいかわらずきびしい顔つきである。まっくろなスーツにつつんだ一メートル八十センチのからだは、ちょっと相手を寄せつけないというおもむきがある。

金田一耕助がそこにいるのを見ると、ジロリと敵意をふくんだ視線をくれると、そのまま月奈児の手を引いて、ベッドの枕もとへ近よった。

「竜太郎さん、おかげんいかがですか」

その態度は立花や金田一耕助の存在を、まったく無視しているかのようだった。月奈児はオドオドしたように、この男まさりの婦人の腕にからみついている。

竜太郎はまたやつれきった目をあげると、

「ああ、ねえさん、月奈児は……」

「月奈児はここにいますよ。それ、月奈児、おとうさんですよ、ごあいさつなさい」

五百子は月奈児をまえへおし出すようにするのだが、月奈児はこの枯れ木のようにやせた父におびえるのか、五百子の腰につかまったまま動かない。

「月奈児、こちらへおいで」

病める父がやせおとろえた手をさし出すと、月奈児はいよいよおびえたように、五百子の腰にしがみついていた。

「まあ、月奈児ったら！」

と、五百子はじれったそうに舌打ちをしたが、すぐ思いなおしたようにやさしい声で、

「さあ、さっさとおそばへいくんですよ」

「月奈児、このおとうさんがこわいのかい？」

東海林竜太郎の目には、失望の色が濃かったが、やさしい愛情はあふれていた。

「いえ、いえ、とんでもない。月奈児がなんでおとうさんを恐れるものですか。さあ、月奈児、おとうさんのおそばへいくんですよ。それそれ、おとうさんが、呼んでらっしゃる。さあ、おとうさんのおそばへ……」

五百子がつよく月奈児を、前へおし出そうとすると、五百子の腰にしがみついていた月奈児が、とつぜんシクシク泣きだした。

「まあ、月奈児ったら！」

と、五百子のひたいにサッと紫色のいなずまがほとばしった。怒りか絶望か、あるいは傷つけられた誇りの恨みか、五百子はつよくくちびるをかみしめたまま、いうべきことばも失った。

「いや、……ねえさん、……いいですよ」

と、竜太郎は失望のおもいをこめた目をとじると、やせおとろえた手をふって、むこ

うへいくように合図をする。

しかし、五百子は動こうとはせず、

「竜太郎さん、竜太郎さん、月奈児はきょうちょっと、からだのかげんが悪いんです。月奈児はいつもあなたのおうわさをしているんですよ。月奈児のことを忘れないで……この子に愛情をもってやってください、竜太郎さん、竜太郎さん！」

なおも五百子がいいつのろうとするのを、立花勝哉がさえぎった。

「奥さん、気をつけてください。あいてはご病人ですよ」

しかし、五百子の耳にはそのことばもはいらなかった。

「竜太郎さん、竜太郎さん、お願いです。月奈児によくしてやってください。遺言状をお書きになるのでしたら、月奈児のことを忘れないでくださいい」

「奥さん！」

と、立花勝哉がふん然たるおももちで、

「あなた、なんということをおっしゃる！」

五百子もさすがにいいすぎたと気がついたのか、ハッと鼻白んだ色を見せたが、

「竜太郎さん、いまのこと、よくかんがえておいてくださいよ」

と、念をおすように強くいって、それから月奈児の手を引くと、ゆうゆうとして出ていった。まるで立花勝哉や金田一耕助が、そこに存在しないかのように……。

五百子と月奈児が立ち去っていくとまもなく、竜太郎がまた目をひらいて、

「金田一先生……金田一先生……」

のどのつまったような声で呼ぶ。

「はあ、東海林さん、なにかご用ですか」

「さっきお願い申し上げたこと……わたしの忠実な部下を殺した犯人を……どうぞ、どうぞつかまえてください」

「承知しました。東海林さん、きっとわたしが犯人をつかまえましょう」

金田一耕助の力強いことばを聞くと、安心したかの竜太郎は目をとじると、疲労の極にたっしたかのように、がっくりと大きな枕の上に肩を沈めた。

「あの……もうそろそろ先生がおみえになるじぶんですから」

と、そばから看護婦の加納美奈子が、恐る恐る注意をする。

「ああ、そう、それでは金田一先生、別室でお待ちになって、いちおうお医者さんから容態をお聞きになってください」

「はあ」

金田一耕助はまたふしぎなおもいにうたれながら、それでも立花勝哉にみちびかれて、さっきの応接室へ引き返してきた。いったいなんのために、じぶんに東海林竜太郎の容態を聞かせる必要があるのだろうか。

応接室でとりとめもない話をしていると、五分ほどたって表のベルの鳴る音がした。

「ああ、主治医の高野先生がいらしたようだ」

立花勝哉が立ちあがったとき、執事の案内ではいってきたのは、五十前後の温厚そうな人物である。高野博士はガン研究の大家で、金田一耕助もその名声は知っていたが、会ってみるとそうとう近眼らしく、度の強そうなめがねをかけている。

「ああ、立花さん、患者の容態は？」

「あいかわらずというところです。さっそく診断してあげてください。ああ、そうそう、そのまえに、ご紹介しておきましょう。こちら金田一耕助先生、有名な私立探偵です」

「あっ、これは……」

と、高野博士は度の強そうなめがねの奥で、目じりにしわをたたえながら、

「お名まえはかねがねうけたまわっておりました。それではのちほどまた……」

ちょうどそのとき応接室の入り口へ、異様な人物があらわれたが、高野博士はおなじみらしく、すぐそのほうへふりかえった。

「虎若くん、それじゃ、いつものように案内をたのむよ」

金田一耕助は虎若という名の人物を見て、おもわず目を見はらずにはいられなかった。

その男は小男であった。しかも、髪の毛をながくのばして、その顔はまるでサルである。金田一耕助は「ノートルダムのせむし男」の主人公カシモドを連想せずにはいられなかった。

立花は金田一耕助の気持ちを察したのか、

「かわいそうに、あれも戦争の犠牲者なんですよ。東海林の旧部下ですが、弾丸で脊《せき》ズ

イをやられて、あんな姿になったんです。脳のほうも少しおかしくなってるんですが、殺された郷田啓三とおなじで、東海林にとっては犬のように忠実な部下です。おそらく東海林が死んだら、いちばん悲しむのはあの虎若虎蔵《とらわかとらぞう》でしょうねえ」

遺言状

立花勝哉は東海林竜太郎の容態を、もう半月ももつまいといっていたが、その日、高野博士の診療後、金田一耕助が直接聞いたところでは、容態ははるかに急をつげていて、あと一週間はもつまいということであった。

そして、博士の診療どおり、東海林竜太郎は昭和三十三年の十月十七日、四十六歳の生涯をとじたのである。

立花勝哉から知らせをうけとって、金田一耕助もお葬式にかけつけた。このとき、金田一耕助の気がついたのは、立花勝哉の予言の正しかったことである。あまり数多からぬ焼香者のなかで、目をまっかに泣きはらしていたのは虎若虎蔵だけだった。降矢木一馬はさすがにちょっと赤い目をしていたが、五百子にいたっては、悲しみよりも、むしろなにか心配ごとのほうが大きいように見受けられた。

双生児の兄弟の日奈児と月奈児も、親子とはいえ、物心ついてからはほとんどいっしょに暮らしたことのない父だけに、悲しみの色はみじんも見られなかった。

日奈児と月奈児は顔を合わせても、たがいにはにかむだけで、まだ打ちとけるまでにはいっていなかった。いや、子ども心にもなんとなく、敵意を抱いているふうにも見え、日奈児は小坂早苗に、月奈児は緒方一彦につきそわれて、そらぞらしい視線をかわしていた。

焼香がすんだあと、金田一耕助は、立花勝哉に尋ねてみた。

「今後この家はどうしていくつもりですか」

「はあ、それなんですがね」

と、立花はあいかわらずテキパキとした調子で、

「このまんなかの家には、わたしと虎若虎蔵と執事の恩田《おんだ》平造《へいぞう》、それから看護婦の加納くんがいっしょに住みます」

「看護婦の加納美奈子さんが……？」

金田一耕助がおもわずまゆをひそめると、

「ええ、そう、それが東海林の遺志なんです。つまり、日奈児、月奈児ともにあんまり健康そうに見えないので、看護婦を身近においとく必要があるというんですね」

「なるほど、それで日奈児、月奈児さんは……？」

「いや、それなんですがね」

と、立花勝哉はため息をついて、

「そのことについて、金田一先生にお願いがあるんです」

「はあ、どういう……？」

「いや、じつは東海林は妙な遺言状を残したんです。その遺言状の一部を初七日の晩に発表するんですが、そのときはぜひ先生に立ち会っていただきたいんですが……」

「はあ……」

と、金田一耕助がちょっとためらい気味の返事をすると、相手はすかさず、

「いや、先生、東海林の生前、先生にお願いしたのもそのことなんで、あのとき、先生はお引き受けくだすったでしょう」

「ああ、それでは承知いたしました」

「じゃ、初七日の日にはぜひ……いずれ、こちらからお迎えをさしあげますが、その日の午後はあけておいてください」

「はあ、承知しました」

その初七日の夜、立花勝哉の口から遺言状の内容の一部が発表されたとき、金田一耕助は激しい戦りつを禁ずることができなかった。

それは立花勝哉の住むことになっている、中央の家の応接間のなかである。

しめきったへやの片方には、日奈児を中心として、降矢木一馬と小坂早苗、それから杢衛じいやがひかえている。いっぽう、そのまむかいのソファには、月奈児を中心として、五百子と緒方一彦と女中の山本安江が一団となってすわっていた。

そして相対する両群を左右に見る中央には、立花勝哉を中心として、左に金田一耕助、

右に看護婦の加納美奈子がひかえていた。

へやのなかにはちっそくするような緊張の気がみなぎっていたが、やがて、

「ええ、それではここに故人、東海林竜太郎氏の遺言状のごく一部分を発表いたします」

そこまでいってから、立花勝哉はハンケチを出して、そわそわとひたいの汗をぬぐうと、

「東海林竜太郎氏の全財産は、日奈児、月奈児両少年のうち、ひとりにゆずられることになっております」

五百子がなにかいおうとするのを、立花はすばやく片手でおさえて、

「ただし、全財産をゆずられるのが、日奈児少年であるか、月奈児少年であるか、それは故人の一周忌まで発表できないことになっております。さて、一周忌までに全財産をゆずられるほうが死亡したさいは、当然その財産はもうひとりのほうにゆずられます。しかし、一周忌までにふたりとも死亡したさいは、その全財産は、加納美奈子さんにゆずられることになっております」

密　書

それはなんという奇妙な遺言状だろう。いや、それはなんという危険な遺言状だろう。東海林竜太郎の何十億という財産が、日奈児、月奈児のふたごのひとりにゆずられる

というのである。しかも、全財産をゆずられるのが日奈児であるか、月奈児であるか、それは東海林竜太郎の一周忌、すなわち来年の十月十七日までわからないのである。

それればかりか、来年の十月十七日になったとき、全財産をゆずられるときまっているほうが、すでに死亡していたばあいには、遺言状からオミットされているほうに、全財産がころげこむのである。

これだけでも、ずいぶん危険な遺言状というべきなのに、さらにふたりが来年の十月十七日までに死亡していたら、東海林竜太郎の全財産は、看護婦の加納美奈子にゆずられるというのだから、これほど奇抜な遺言状はないではないか。

人間はだれでも欲というものがある。ましてや目のまえに何十億という大きな財産がぶらさがっているのだ。その財産を手に入れるためには、どのような非常手段を講じないとも限らない。

げんにこの事件ではすでにひとり、郷田啓三という誕生日の使者が殺されている。いちど血を吸った殺人者というものは血を流すことにたいして、良心的にまひしているはずである。

そこへもってきてこの遺言状。……これではまるでたがいに殺しあえというのもおなじではなかろうか。

せめて、全財産をゆずられるほうが明示されていたら、少しは危険率も減少するであろうけれど、それすら判明していないのだから、たがいに憎みあい、のろいあう公算はますますたかくなるわけである。

立花勝哉が、この危険な遺言状を発表したとき、金田一耕助はあ然としてあいた口がふさがらなかった。

あかの他人の金田一耕助があ然としたくらいだから、この遺言状に縁の深いひとたちがあっ気にとられて口もきけなかったのもむりはない。

一同は立花勝哉の顔を見守りながら、あとの発表を待っていたが、それが全部だとわかると、まずまっさきに口をきったのは五百子である。

「立花さん」

と、五百子の声は怒りにふるえ、その目はハゲタカのようにランランとかがやいていた。

「わたしはそんな遺言状は信用しません。竜太郎さんが、そんなざんこくな遺言状をつくるはずがありません」

「信用するとしないとあなたのご勝手です。しかし、奥さん、あなたはいまざんこくな遺言状とおっしゃいましたね。ひょっとすると故社長は、全財産の相続人として、あなたのごひいきの月奈児さんを指定しているかもしれないのですよ。それとも、あなたはその可能性はうすいとでも思っているんですか」

五百子は、ハッとひるんだような顔色で、憎にくしげに立花勝哉の顔をにらんでいる。

「立花くん」

と、一馬も不安そうに声をふるわせ、

「きみは竜太郎が指定している相続人を知っているかね」

「いいえ、それはわたしも知らないんです」

「じゃ、だれが知っているんです」

と、五百子はあくまで挑戦的である。

「いいえ、いまのところそれを知っている者はひとりもありません」

「じゃ、来年の十月十七日にどうしてそれがわかるのです」

「それはこの封筒のなかに、相続人の名まえを書いた紙がはいっているのです」

と、立花勝哉がデスクの上から取りあげたのは、厚い洋紙でできた封筒である。見ると三ヵ所にわたって厳重な封ろうがほどこしてある。

「この封筒の封は来年の十月十七日に、みなさんの面前でわたしが切ります。そしてなかに書いてある名まえをわたしの口から発表します」

「それまでは、その封筒はきみが保管するのかね」

「いいえ、それはここにいられる金田一耕助先生にお願いするつもりです。金田一先生お引き受けくださるでしょうね」

金田一耕助はことの重大さにちょっとためらいを感じたが、しかし、いっぽうこの事件に、少なからず興味も覚えているのである。

「承知いたしました。お引き受けいたしましょう」

金田一耕助がその封筒を手に取って見ると、表にはふるえるような筆蹟で、

「東海林竜太郎最後の遺言状」

と、したためてあり、そのわきに、

「昭和三十四年十月十七日、午後開封のこと」

と、書きそえてあり、裏面には、

「昭和三十三年十月十日、作成」

とおなじ筆蹟で書いてあった。

これでみると、東海林竜太郎は死の一週間まえに、さいごの決意をしたわけである。

「はっ、東海林竜太郎氏のさいごの遺言状、たしかにおあずかりいたしました」

金田一耕助がキッパリいって、むぞうさにその貴重な密書を懐中にしようとすると、

「あっ、ちょっと」

と、五百子がすかさずそれをさえぎって、

「その封筒、いちおう見せていただきましょう」

と、まるで命令口調である。

コバルト鉱山

「ああ、そう」

と、金田一耕助は白い歯を出してニコニコしながら、

「立花さん」

「はあ」

「これはこうしたらいかがでしょうか。後日問題がおこらないために、この封筒の裏面に、この遺言状に関して利害関係の深いひとたち、すなわち、降矢木一馬氏と同姓五百子さん、それから加納美奈子さんと、この三人のかたのサインを記入しておいていただいたら……そうすると、ぼくにもインチキはできないわけですから」

「ああ、なるほど」

立花勝哉もニッコリ白い歯を見せて、

「それはよいおかんがえです。それでは降矢木さん、あなたからまずどうぞ」

言下に五百子が立ちあがろうとするのを、

「いや、いや、ご主人のほうからどうぞ。いかにレディー・ファーストの現代でも、こういう法律的な事務のばあい、やはり男性優先といきましょう」

立花勝哉のことばには、明らかに皮肉なひびきがこもっている。五百子はまたギロリと憎にくしげな視線をくれて、うかしかけた腰をおろした。

降矢木一馬は金田一耕助のさし出す封筒のうらおもてをたしかめたのち、立花勝哉の万年筆で、じぶんの名まえを記入した。

「さあ、それでは奥さんもどうぞ」

降矢木一馬が引きさがるのも待たずに、五百子はつかつかとデスクのまえに近づいてくると、まるでひったくるように貴重な密書を手に取りあげた。

そして疑いにみちたまなざしで、なんどもなんども封筒のうらおもてをひっくりかえした。

「奥さん、いかがでしょう。偽筆の疑いがありますか」

立花勝哉はあいかわらず皮肉な微笑をたたえている。

五百子はまたギロリと、ハゲタカのような視線をそのほうへ送ると、無言のまま万年筆を取りあげて、一馬のサインのそばに署名した。それからいかにも憎にくしげないちべつを加納美奈子にくれると、じぶんの席へもどってすわった。

「それじゃさいごに加納さん、どうぞ……」

「はあ、でも、あたしは……」

加納美奈子はさっきから、ロウのようにあおざめた顔を、かたく、きつくこわばらせて、ハンケチをもつ手もわなわなと、けいれんするようにふるえていた。

美奈子もまた、この思いがけない遺言状の内容に圧倒されているのである。

立花勝哉の話がおわったとき、美奈子の顔は火がついたようにまっ赤になっていた。しかし、見る見るそれが色あせていくと、こんどは白ロウのようにあおざめて、なんとも名状することのできない感情の起伏に、みずからをもてあましているかっこうである。

「加納さん」

と、立花勝哉は、げんしゅくな調子で、

「あなたは社長と約束しましたね。どんなことでも社長の遺志とあらば服従すると……、これが社長の遺志なんですよ」

「はあ」

と、美奈子は、まぶしそうに一座のひとびとの顔を見まわした。この遺言状に服従することが、いかにこのひとたちの敵意をあつめる結果になるかということを、美奈子はよく知っているのである。

しかし、その視線がどくどくしい、敵意にみちた五百子の視線とぶつかったとき、彼女の顔は、いっしゅんキッとこわばった。美奈子はしばらく五百子の視線をはじきかえすように見つめていたが、やがて、謎のような微笑がうつくしいそのくちびるをほころばせた。

美奈子は無言のまま万年筆を取りあげると、

「待ちなさい！」

と、いきりたつような五百子のことばもまるで耳にはいらぬかのごとく、すらすらとみごとな筆蹟で署名した。

それから、しずかに万年筆をそこへおくと、

「奥さん、なにかご用でございましょうか」

と、あでやかな微笑をたたえた顔を五百子のほうへふりむけた。

しかし、五百子はわざとそのほうから、視線を立花勝哉のほうへ移して、

「立花さん、いったいこの女は何者です。なんだって竜太郎さんの遺言状のなかに、この女の名前がはいっているんです」

「なるほど、それはごもっともな質問です。それではこれからお話ししましょう」

立花勝哉はそこでちょっとせきをすると、

「社長、東海林竜太郎氏は戦争中、マレー半島にあるコバルト鉱山の監督官をしていました。そこにはマレー人の鉱夫のほかに、十二人の日本人の監督がいました。ところが戦争がだんだん激しくなり、コバルトの必要量が多くなるにつれて、鉱夫の人数がたりなくなったのです。そこで上層部の命令で、日本人の監督も鉱夫として使わなければならなくなったのです。むろん、それはさいしょの約束とちがっていました。コバルト鉱山の鉱夫というのは、とてもひどい労働です。十二人の日本人は内心不服でたまらなかったのですが、当時の情勢で反抗するわけにはいかなかったのです。そこでマレー人の鉱夫といっしょに、激しい労働に従事しているうちに、頭髪がコバルト鉱の色素の影響をうけて、みんな海のようにまっさおになったのです」

金田一耕助は、なるほどとうなずきながら、おもわずゾクリと身をふるわせずにはいられなかった。そのときの十二人の日本人の世にもせい惨な労働状態を想像したからである。

「それはかならずしも、なくなった社長のせいとのみいえません。しかし、任務に忠実

でありすぎたため、社長がそれらの日本人を、酷使しすぎたといえないこともなかったのです。そこでそれらの十二人は団結して、戦後、社長に復讐を誓いました。社長はそれを恐れてながく姿をかくしていたのです。しかしその後社長もしだいに良心にめざめてきました。おのれの非をさとったのです。そこでそれらの復讐団のひとたちに謝罪をし、握手をしたのです。つまりそれぞれ相当の財産を送り、生涯こまらないようにしてあげたのです。こうして復讐団の恨みものろいも解消したのですが、十二人のうちただひとり、死亡したがために、社長が謝罪することのできなかった人物があります。それがこの加納美奈子さんのおとうさん、加納周作《しゅうさく》さんなのです」

　美奈子はうなだれたまま話をきいている。肩がこまかくふるえているのは、なくなった父のことを思っているのか、それとも一同のやけつくような凝視《ぎょうし》をあびて、心が動揺しているのであろうか。

「つまり、故社長が遺言状のなかに加納さんの名まえを書きこんだのは、一種の罪ほろぼしの気持ち、死亡された、加納周作氏にたいする謝罪のお気持ちからなんです」

「すると、加納くんが死ねばどうなるんだね。つまり来年の十月十七日までに、日奈児、月奈児のほかに加納くんも死んでしまえば、遺産はだれにゆずられるんだね」

　これはもっともな降矢木一馬の質問だった。

「ああ、その場合には、はじめて法律的継承順序によって相続されます」

「法律的継承順序といいますと……？」

と、五百子がするどく目を光らせた。

「いや、故社長東海林竜太郎には姉がふたりありました。このふたりのお姉さんはともに死亡しているんですが、当然、その遺族があるはずです。いま、その遺族がゆくえ不明になっているんですが、来年の十月十七日までに三人とも死亡したばあいには遺族をさがしだして、そのひとたちのあいだで、法律による継承順序によって遺産がわけられるわけです」

その話をはじめてきいた金田一耕助は、またあやしく心がさわぐのをおぼえずにはいられなかった。

そうすると、ここにもまた、遺産をねらう人物が存在しうるわけである。

もう、だれも口をきこうとする者はいなかった。だれもかれもが疑いぶかい目を光らせて、たがいの顔をさぐりあっている。

日奈児と月奈児は顔を見合わせているが、もうすでにふたりのあいだには敵意と憎悪がうまれているのである。昔から憎みあっている一馬と五百子夫婦のあいだには、この瞬間から憎悪と敵意は決定的なものになってしまった。杢衛じいやと山本安江もたがいに憎らしそうに顔を見合わせている。

ふたりの家庭教師、緒方一彦と小坂早苗もまじまじと顔を見合わせている。一彦のくちびるにはあざけるような微笑がうかび、それにたいして早苗もムッとしたようにまゆをつりあげた。しかし、これらのひとびとの視線の、さいごにおちつくところはいうまでもなく加納美奈子である。そして、それらの視線のなかにふくまれているのは、美奈子にたいする憎悪とせん望と敵意であった。

侵入者

「なるほどそれじゃ、まるで遺族の者をけしかけて、血で血を洗う騒動を起こさせようとしているようなもんですな」

十月二十五日。すなわち、東海林竜太郎の遺言状が発表されてから二日のちの夜のことである。金田一耕助は警視庁の等々力警部といっしょに晩めしを食ったあとで、あの奇怪な遺言状のことを打ちあけると、さすがに警部も驚いてまゆをひそめた。

「そうなんです。しかも、従来の東海林のやりかたをみると、あくまでふたごの兄弟に公平でありたいと努力しているんです。それがさいごのどたん場になって、そういう不公平きわまる遺言状を残したというんですからそれがぼくにはふにおちないんです」

警部はしばらくだまってかんがえていたが、

「しかし、いずれにしても東海林にたいする復讐団の恨みは解消したわけですね」

「ええ、そうです、そうです。ですからそのほうは問題がなくなったわけです」

「いつごろ円満に解決したんですか」

「去年の秋だそうです。ガンになんかなったもんだから、東海林も気が弱くなったんだろうと立花という男もいってました」

「しかし、そうすると三崎で郷田啓三という男を殺したのは、いよいよ復讐団の一味ではないということになりますな」

「そうです、そうです。ですからやっぱり降矢木一馬が恐れていたように、五百子かあるいはその一味かもしれないんです」

「そして、そいつは東海林が復讐団と和解したことを知らなかったんですね」

「けっきょく、そういうことになりますね」

「そこで、こんごどうなさるおつもりです」

「どうって。まあ、乗りかかった舟ですからね。なりゆきをみているつもりですが、そのうちなにか起こるかもしれません。その節はなにぶんよろしくおねがいいたします」

「それはもちろんですが……」

と、等々力警部はまじまじと気づかわしそうに金田一耕助の顔を見守りながら、

「それで、あなた、東海林の最後の遺言状をあずかっていらっしゃるんですね」

「はあ」

「金田一先生、気をつけてくださいよ。一馬にしろ五百子にしろ、その遺言状の中身を見たいでしょうからね」

「それは見たいでしょうねえ」

金田一耕助が白い歯を出してにこにこ笑うと、

「先生、笑っている場合ではないかもしれませんよ。何十億という大きな財産のゆくえをあなたがにぎっていらっしゃるのも同様ですからね。大いに身辺を警戒してください」

「はあ、ありがとうございます」

金田一耕助は、ペコリとひとつ警部のまえに頭をさげたが、警部の不安な予感はあまりにもはやく事実となってあらわれた。

金田一耕助は東京の郊外、緑が丘町にある緑が丘荘という高級アパートの、二階のフラットにひとりで住んでいるのだが、その夜、警部とわかれてアパートへ帰ってきたのは、もうかれこれ十二時近くのことだった。

正面の玄関をあがって、ドアの鍵穴に鍵をさしこもうとして、金田一耕助はおもわずドキリと息をのんだ。ドアの錠前がこわされているのである。

金田一耕助はギョッとして、ドアの取っ手をにぎったまま、中のようすに耳をすませた。しかし、その金田一耕助の緊張したおもてに、しだいに微笑がひろがってきた。

へやの中にはたしかにだれかいるのである。ガサガサとなにかをひっかきまわす音が聞こえる。しばらくようすをうかがっていたのちに、金田一耕助はしずかに取っ手をまわした。しかし、いかにしずかに取っ手をまわしても、ガチャリという音を消すことはできなかった。

突然、へやの中でろうばいの音が聞こえた。

「だれだ！」

金田一耕助が叫んでサッとドアをひらいたとき、窓をあける音がした。

金田一耕助の借りているフラットは、ドアをはいると小玄関になっており、玄関の奥に応接室兼書斎がある。そのドアも錠前がこわされていた。

金田一耕助が応接室のドアをひらいたせつな、花びんがむこうからとんできた。反射的に耕助が首をすくめたとたん、花びんが壁にあたって、ものすごい音をたてて散乱した。

金田一耕助がすぐに姿勢を立てなおしてむこうを見ると、いましもひとりのくせ者が庭をこえて外へ出ようとするところだった。

「待て!」

と、かけよったとき、ひと足ちがいでくせ者は、雨どいをつたわって階下へすべりおり、見る見るうちに暗やみのなかに姿をかくしてしまったのである。

一しゅんのこととて金田一耕助にも、相手を見定めるよゆうはなかったが、鳥打ち帽子をまぶかにかぶり、大きな黒めがねをかけていたようだ。そして鼻から下はこれまた黒いネッカチーフでかくした男であった。しかし、それも男の洋服を着ていたから男と見たまでのことで、じっさいは男か女かわからない。

「先生、どうかしましたか。なんだか大きな音がしましたが……」

と、そのとき、ドアからなかをのぞいたのは、このアパートの管理人である。

管理人はひとめへやのなかを見ると、

「せ、先生、ど、どろぼう……？」

と、ガタガタふるえだしたのもむりはない。へやの中はみるもむざんな荒らされようだ。

デスクの引き出しという引き出しが放りだされ、床いちめんに書類が散乱している。デスクの引き出しばかりか、整理戸だなの引き出しも、全部そこに放り出してある。

「管理人さん、こいつをもとどおり整理しなおすのは、そうとう骨ですね」

「先生、じょうだんいってるばあいじゃありません。なにか盗まれた品は……？」

「いや、いいです、いいです。どろぼうのねらってた品はわかってるんですから」

ろうばいしている管理人を、金田一耕助のほうからなだめると、さっそく卓上電話を取りあげた。そして、メモに目をやりながらダイヤルをまわすと、しばらくジージーという音が継続的に聞こえていたが、やっとガチャリという音がして、むこうに女の声が聞こえた。

「もしもし、どなたさまでしょうか」

「ああ、こちら金田一耕助ですが、あなたはどなた？」

「ああ、先生、こちら加納美奈子でございます」

それではさっきのくせ者が、美奈子でないことだけは明らかである。

「ああ、そう、美奈子さん、こんやそちらにみなさん、おそろいでしょうか」

「おそろいとおっしゃいますと……？」

「いや、立花さんはいらっしゃいますか？」

「いいえ、専務さんはまだお帰りじゃございませんが、恩田さんや虎若さんはいらっしゃいます」

「東翼や西翼のひとたちはどうでしょうか。みなさん、いらっしゃいましょうか」

「さあ十時ごろまではみなさん、いらっしゃいましたけれど、その後はどうですか……金田一先生、どうかなさいましたか」

「いや、それはいいんですが、あなた、おそれいりますが、東翼と西翼のひとたちを、ちょっと調べていただけないでしょうか。みなさん、おそろいかどうか、出かけてるとしたら、だれが出かけてるか……」

「金田一先生、ほんとになにか？……」

と、美奈子の声はふるえているようだ。

「いや、それはあとで話しましょう。おそれいりますがなんらかの口実をもうけて、両翼のひとたちがいるかいないかをたしかめてください」

「はい、それでは少々お待ちください。電話はいちおう切りましょうか。それとも……」

「いや、このまま待っていましょう」

「それでは……」

と、美奈子は電話口からはなれたが、五分たっても、十分たっても、美奈子からはなんの報告もなかった。

報告がなかったのもむりはない。

一時ごろ、彼女が裏庭で首を絞められ、こん倒しているのが、虎若虎蔵によって発見されたのである。虎蔵が彼女を抱きあげたとき、その首にはまがまがしい黒ひもが、からすへびのように巻きついていたのである。

はずれた受話器

金田一耕助の住んでいる緑が丘町の緑が丘荘から、吉祥寺の奥にある双玉荘までは、どんなに自動車をいそがせても、十五分はかかるのである。

その十五分がたっても美奈子から、なんの応答もないとさとったとき、金田一耕助の胸は怪しくふるえた。

時計を見ると十二時十分。金田一耕助はガチャンとたたきつけるように、卓上電話の受話器をおくと、

「管理人さん」

と、まだそこに立っているアパートの管理人をふりかえり、

「ぼく、ちょっと出かけてきます。ここはこのままにしておいてください」

「金田一先生、いまじぶんからいったいどちらへ……？」

「いや、ちょっと……」

と、金田一耕助はまたあらためて卓上電話のダイヤルをまわし、すぐ自動車を一台よこすように命じると、

「管理人さん、このドアのカギがつきこわされているのですが、なんとか、このへやへひとがはいれないようにしておいてください。ひょっとすると、今晩は帰りがおそくなるかもしれませんから」

「承知しました。しかし、金田一先生、なにかだいじな品を盗まれなすったのじゃ……」

管理人も金田一耕助の職業を知っているから、これから出かけるといってもあえて驚かないのである。

「いや、それはだいじょうぶ。どろぼうのほしい品はこのへやにはないのだから」

金田一耕助は窓をしめ、うちがわから掛け金をかけると、いまさらのようにへやの中を見まわして苦笑した。

「いやはや、こいつをもとどおりにかたづけるのはたいへんだな」

さんたんたるあたりのようすを見まわしながら、思案をしているところへ、表へ自動車がきてとまるけはいがした。

「金田一先生、お車がきたようで……」

「ああ、そう、ではあとをお願いします」

それから約二十分ののち、金田一耕助が双玉荘の表で自動車をおりると、門の鉄柵がぴったりしまっている。門がぴったりしまっているということは、立花勝哉が帰ってき

ているということを示しているのではないか。それにもかかわらず家の中がシーンと寝しずまっているというのは……？

門柱についているベルのボタンを押すとき、金田一耕助はまた怪しく胸がさわぐのをおさえることができなかった。

ジリジリするような思いにじれる金田一耕助を、よほど待たせて、やっと玄関のうちがわに明かりがついた。そして、門のほうへ近づいてきたのは執事の恩田平造である。

「どなたですか」

鉄柵のうちがわから、すかすように外を見ながら声をかける恩田の態度は、あいかわらず昔の軍隊生活を思わせるようなきちょうめんさである。

「ああ、ぼく、金田一耕助です」

「あっ、金田一先生……」

と、恩田もちょっと驚いたらしく、

「いまじぶんなにか……？」

「ええ、ちょっと……夜分おそくおしかけてきて恐縮ですが、ちょっと中へ入れてください」

「はあ、少々お待ちください」

恩田はガチャガチャ錠前を鳴らして、やがてギイと門のとびらを左右にひらくと、

「金田一先生、なにか変わったことでもあったんですか」

「ええ、ちょっと……立花さんはもう帰っていらっしゃいますか」

「はあ、さっきお帰りになって、いまおふろをつかっていられます」

「加納美奈子さんは……？」

「加納さん……？　あのひとはもうとっくに寝てるでしょう」

玄関をはいるとすぐ左側が応接室になっている。先に立った恩田平造が壁のスイッチをひねったとき、金田一耕助は卓上電話の受話器がはずれたままおいてあるのを見て、またしても怪しく胸をふるわせた。

「恩田さん、あなた十二時十分まえごろどこにいましたか」

「どこにいたかとおっしゃると……？」

「いや、十二時十分まえごろ、ぼくはこちらへお電話したんです。そしたら、加納美奈子さんが電話口へ出たんです。ほら、あの受話器……」

「あっ！」

と、恩田平造は大きく目玉をひんむいて、

「それじゃ、さっきこのへやに電気がついていたのは……」

「あなたが電気を消したんですか」

「はあ……だれがつけたのだろうと思いながら……」

「そのとき受話器がはずれているのに気がつきませんでしたか」

「はあ、ついうっかり……それではいま先生のおたずねの時刻には、わたしおふろかげんをみていたにちがいありません。ガスを調節していたんです。それからこっちへ出てくると、このへやに電気がついているので、中をのぞいてみたがだれもおりません。また虎若のやつが消しわすれたのだろうと思いながら、ついうっかりスイッチをひねったのです。あの卓上電話はそのつもりでのぞかねば見えませんから……。しかし、加納さん、電話の途中でどこへいったんですか」

金田一耕助にじっとひとみを見すえられて、恩田平造のおもてには、にわかに不安の色が濃くなったが、そこへ、

「恩田、いまじぶん、いったいどなただい」

と、声をかけてはいってきたのは、湯上がりの顔をてらてらと光らせた立花勝哉である。

女の悲鳴

「あっ、金田一先生……」

と、湯上がりのガウンをまとった立花勝哉は、思いがけなく金田一耕助の姿をそこに発見して、びっくりしたようにドアのところで立ちどまった。

「先生！」

と、立花勝哉は不安そうに声をひそめて、

「いまじぶんどうなすったんです。なにかあったんですか」

「あの、専務さん。まことに申しわけございませんでした。わたしあれに気がつかなかったものでございますから……」

「あれって？」

「はあ、あの、卓上電話の受話器がはずれていることに……」

立花勝哉はそのほうへ目をやると、ビクッとしたようにまゆをつりあげて、

「恩田、それはどういう意味なのか」

「いや、立花さん、それはわたしから説明申し上げましょう」

と、金田一耕助がどろぼうを取り逃がしたいきさつから、こちらへ電話をかけたら美奈子が出たという話を語ってきかせると、立花勝哉の顔色は見る見るうちに不安そうにくもってきた。

「そうすると、金田一先生、加納くんは東翼と西翼のひとたちのいるかいないかをたしかめにいったまま、帰ってこないとおっしゃるんですね」

「はあ、ですからなにかまちがいがあったんじゃないかって……」

「恩田、おまえは電話がかかってきたのを知らなかったのか」

立花勝哉の語気はするどかった。

「はあ、まことに申しわけございません。たぶんそのときわたしは、おふろのかげんをみていたんだろうと思います……」

「虎若を呼んでこい！」

「はっ」

恩田平造がいそぎ足で出ていくと、立花勝哉は金田一耕助のほうをするどくふりかえって、

「先生、どろぼうがはいったとおっしゃいましたが、まさか東海林の遺言状は……？」

「それはだいじょうぶです。たしかなところへ保管を依頼してありますから」

「ああ、そう、ありがとうございます。それを聞いて安心しました。しかし、先生、先生のおかんがえでは、そのどろぼうは東海林の遺言状をねらってしのびこんだのではないかというんですね」

「じゃないかと思うんです。はっきりとは断言できませんがね。しかし、まあ、いちおう念のためにと思ったものですから、こちらへお電話したんです。みなさん、こちらにいらっしゃるかどうかと……」

「加納くんの返事はどうでした」

「あなた以外のひとはみんないるはずだと……」

と、そういいながら金田一耕助はさりげなく、立花勝哉の顔色を読んでいる。それに気がつかないのか、勝哉はあいかわらずうれいの色をおもてにみなぎらせて、

「なるほど、それであなたは、念のために、加納くんをたしかめにやったんですね。そしたらそれきり……」

と、立花勝哉がおりのなかの猛獣のように、へやの中をいきつもどりつしているところへ、恩田が虎若虎蔵を連れてきた。この哀れな小男は、寝入りばなをたたき起こされたとみえて、目をショボショボさせながらまるで床をはうようにのろのろはいってくる。

「専務さん、ついでに加納さんのへやものぞいてみましたが、姿は見えませんでした」

「ああ、そう」

と、立花勝哉はそのほうへうなずくと、いたわるように虎若を見て、

「虎若、眠いところ起こしてすまんな。ちょっとおまえに聞きたいんだが、おまえ加納さんを知らんかね」

「加納サン……?」

と、虎若はサルのように顔をしかめて、

「加納サンナラ、サッキ、電話カケテタダ」

この哀れな小男は、同時に言語障害をも起こしているのだ。聴覚には異状はないらしいのだが、ろれつがよくまわらない。

「さっきって、いつごろだい」

「サア……」

と、虎若はあいかわらず目をショボショボさせながら、

「オラ、ヨク寝テタダ。ソシタラ、電話ノベル鳴リダシタダ」

「ふむふむ、それで」

「ベル、ズイブン、長イコト鳴ッテタダ。オラ、起キョウカ起キマイカト……」

「ふむ、ふむ、そしたら加納さんが電話へ出たんだね」

「ウン」

「それで、おまえどうしたんだ」

「オラ、ソノママ寝チマッタダ。ダケド……」

と、虎若はなんだか急に不安になったらしく、ソワソワあたりを見まわしながら、

「加納サン、ドウカシタダカ」

「いや、あのひとの姿が見えないので捜しているんだが……」

「ウン」

と、虎若はいっそう不安になったらしく、小鼻を大きくふくらませて、

「アレ、ヒョットスルト、加納サンダッタカモシレネエ」

「あれとはなんだ！」

「ナンダカ、キャッ、チュウヨウナ、女ノ声ガシタヨウダッタガ……」

「恩田……」

とつぜん、立花勝哉がするどく恩田平造をふりかえった。

「おまえ、これからすぐに東翼と西翼の連中を呼んでこい！」

「はっ」

と、へやから走り出す恩田平造のうしろ姿を見送って、

「金田一先生！」

と、金田一耕助のほうをふりかえった立花勝哉のひとみには、ものにおびえたような色が深かった。金田一耕助がうなずきながら腕時計を見ると、時間はまさに午前一時。

恐ろしい知らせ

「虎若おまえ、その女の悲鳴を聞いてからどうしたんだ」

「悲鳴……？」

悲鳴ということばがわからなかったのか、虎若虎蔵は目をショボつかせながら首をかしげる。

「いや、女の声を聞いてからだ」

「オラ、夢ダト思ウタダ。女ノ声、イチドシカ聞コエナカッタカラ……」

「その声はどっちの方角から聞こえたんだね」

「サア……」

「どっちの方角からかわからないのか」

「オラ、夢ダト思ウタモンダカラナ」

「ときに、立花さん」

と、そのとき、金田一耕助がことばをはさんで、

「このおも屋と東西の建物との連絡はどのようになってるんです。自由に往来ができるようになってるんですか」

「いや、われわれは自由にいけます。どちらの翼へも……しかし、東西の翼の住人はそういうわけにはいかないんです」

「と、おっしゃると……？」

「東翼へいくにも西翼へいくにもあいだにドアがあります。ドアには、いつもカギがかかっています。そのカギはふたつずつしかありませんが、それは加納くんと恩田がひとつずつもっているんです」

「すると、東西の翼のひとたちが、このおも屋へきたいときには……？」

「玄関からくるよりしかたがありませんね」

「すると、東翼のひとがこのおも屋を通りぬけて、ひそかに西翼へいくというようなことはできないわけですね」

「それは絶対にできません。あいだにドアがふたつありますからね。つまり東海林はそういうことができないように、あいだにふたつの関所を設けたのです」

「なるほど」

　金田一耕助がかんがえこんでいるところへ、降矢木五百子を先頭に立てて、西翼のひとたちがやってきた。いずれも大急ぎで着がえをしてきたとみえ、家庭教師の緒方一彦などまだネクタイが十分にむすべていなかった。月奈児はおびえたようにオドオドしている。

「立花さん」

　と、五百子は例によってそこにいる金田一耕助を無視するような態度で、ハゲタカのような目を、きっと勝哉のおもてにすえると、

「いまじぶん、いったいどうしたというのです。恩田さんの話によると、加納という看護婦がどうかしたとか……」

「はあ、いや、そのことについて、奥さんにちょっとお尋ねしたいんですが、きょう……というよりもきのうですが、十二時ごろ加納くんがあなたのところへいきませんでしたか」

「十二時ごろ……？」

　と、五百子はギロリと目を光らせて、

「いいえ、きませんでした」

「ほんとうに？」

「ほんとうです」

「緒方くんも山本くんも、十二時ごろ加納くんに会いませんでしたか」

「はあ、会いませんでした。十時ごろ加納さんが月奈児くんの検温にきて、それからのちは会いません。十二時ごろといえばわれわれは、ぐっすりと眠ってたかいびきだったでしょう」

緒方一彦はふしぎそうに金田一耕助と立花勝哉を見くらべている。山本安江はおびえたような目の色だった。

「山本くんはどうだね」

「はあ、わたしも緒方先生とおんなじです」

そうすると、加納美奈子は金田一耕助の電話を聞いてから、西翼の方へは、いっていないのだ。彼女がなんらかの災難にあったとしても、それは西翼へいくまえだったにちがいない。それでは東翼のほうへは、いっているだろうか。

「しかし、加納美奈子はそんな時刻になんだって、わたしのところへこなければならなかったんです。あの娘はいつも十時にくるのが最後になっているんですよ」

東海林竜太郎の死後も、加納美奈子がこの家にふみとどまっているのは、日奈児と月奈児の看護のためであることは、まえにもいったとおりである。加納美奈子は一日に三回、このふたごの兄弟の検温をすることになっているのである。午前十時と午後四時と、それから最後が午後十時である。

「いや、じつはこんや金田一先生のところへ……」

と、立花勝哉が話しかけたときである。あわただしくかけこんできた恩田平造の顔はまっさおだった。

「専務さん、た、たいへんです」

と、恩田はグッとつばをのみこんだ。

「恩田、ど、どうしたんだ？」

「日奈児さんが……」

「日奈児さんが……？　日奈児さんが、ど、どうしたというんだ」

「日奈児さんが殺されて……だれかにのどをしめられて……」

日奈児の死

およそ憎悪と憤怒の化身というのは、その夜の降矢木一馬のことであろう。

つめたくなった日奈児のむくろを抱いて、気が狂ったように人工呼吸をやっていた一馬が、かけつけてきた立花勝哉と金田一耕助の顔を見ると、いきなりこう浴びせかけた。

「あのばばあはどうした。あのばばあがとうとう日奈児を殺しおった。おお、日奈児……日奈児……」

たけり狂う降矢木一馬をおしのけて、金田一耕助がベッドの上をのぞいて見ると、そこにはパジャマ姿の日奈児が、つめたいむくろとなって横たわっている。そののどをひとめ見ただけで、なにによって日奈児の生命がうばわれたかわかるのである。そこには大きな親指の跡が、くっきりときざみこまれている。

「ばばあは……あの五百子ばばあは……はなせ、はなせ、この返報に月奈児の首の骨をおってやらにゃ……」

たけり狂う降矢木一馬を、立花勝哉と杢衛じいやが、サッと抱きとめている。

「降矢木さん。落ちついてください。奥さんはここへ来れっこないじゃありませんか。さあ、いまに医者がやってきますから、落ちついてください。金田一先生、日奈児くんの容態は……？」

金田一耕助はベッドのそばをはなれると、暗い顔をして首を横にふった。それからおびえたように立ちすくんでいる家庭教師の小坂早苗をふりかえって、

「小坂さん、話してください。落ちついて、よくかんがえて返事をするんですよ」

金田一耕助は、ふとこの娘が、いつか三崎の竜神館で、じぶんと降矢木一馬の会話を、立ち聞きしていたのではないかということを思い出しながら、それでもことばはやさしかった。

「はあ、あの、どんなことでしょうか」

小坂早苗はパジャマの胸を抱きながら、おびえたように金田一耕助の顔を見る。その目にはいっぱい涙をたたえていた。

「きょう、いや、正確にいってきのうの十二時ちょっとまえに、ここへ加納美奈子さんがやってきやあしませんでしたか」

「はあ、あの、お見えになりました」

金田一耕助はちらと立花勝哉に目くばせすると、

「そのとき、日奈児さんはまだ生きていましたか」

「いえ、あの……、ところが、加納さんはこのへやをドアのところからちょっとのぞていかれただけで……」

「じゃ、日奈児くんを起こさなかったんですね」

「はあ、よく寝ているように見えたものですから……」

小坂早苗はいまさらのように、あふれおちる涙をおさえた。

おそらく加納美奈子も、金田一耕助が電話をかけてきた意味をさとったのであろう。

したがって子どもには用はないと思ったにちがいない。

「ああ、なるほど、それじゃ、そのとき、日奈児くんが生きていたか死んでいたかわか

らないんですね」

「はあ、でも、まだ生きていらしたと思います。十時ごろ加納さんが検温にこられて、

そのあとすぐ、あたしがこのへやへお連れして、お寝かせしたんですから……」

「加納さんが十二時ごろたずねてきたとき、このへやにカギは……？」

「はあ、それなんですの」

と、早苗はまたあらためて涙にむせびながら、

「おじさまもあたしも、日奈児さんに、寝るときはいつも内側からドアにカギをかけて

おくようにと申し上げてあったのですが、今夜はお忘れになったとみえて、加納さんが

いらしたとき、なにげなくドアに手をかけると、なんなくひらいたんですの。ですから、

そのとき日奈児さんをお起こしして、ドアにカギをかけておくようにご注意申し上げれ

ばよかったのですけれど、よく寝ていらっしゃるのをお起こしするのもと思ったものでございますから……」

早苗は両手で顔をおおって、よよとばかりに泣きむせぶ。両手の指のあいだから、涙があふれて、したたりおちた。

問題のカギはベッドの枕もとの小卓の、電気スタンドのそばにおいてある。

「それで、さっき恩田さんが迎えにきたのであなたが起こしにきたのですか」

「はあ。そうしたら、このようにつめたくなっていられたものですから……」

小坂早苗は、いまさらのように肩を小きざみにふるわせながら、いよいよむせび泣くのである。

「あいつだ、あいつだ、あのばばあだ！」

と、またしてもいきりたつ降矢木一馬を、杢衛じいやと立花勝哉が抱きすくめて、なだめたりすかしたりしているところへ、恩田平造がはいってきた。

「お医者さんはすぐくるそうです。警察へも電話をかけておきました」

「恩田、あのばばあは……？　五百子ばばあはどうしている……？」

「はあ、奥さんは西のお住まいにおいでです。金田一先生のご注意で、ドアにカギをかけてきました」

「ああ、そうそう、恩田さん」

と、金田一耕助が思い出したように、

「あなた、さっき西翼のほうへ先にいらしたんですね」

「はあ」

「そのとき、西翼のドアはどうでした。カギがかかっていましたか」

「はあ、かかっておりました。ああ、そうそう、それに反して東翼のほうはカギがかかっていなかったんです。あっ、あれはなに？」

恩田がとつぜんことばを切ったのもむりはない。おも屋の裏庭のほうから、そのときとつぜんものすごいわめき声が聞こえてきた。

虎若虎蔵の声のようである。

カーテンのひも

虎若虎蔵の叫び声は、おも屋の裏庭から聞こえてくる。

東翼からいったんおも屋へ帰ってきた金田一耕助と立花勝哉、それに恩田平造の三人が裏庭へ出るドアまでくると、ドアにはカギがかかっていた。恩田がそのドアをひらいたので金田一耕助と立花勝哉がとび出すと、

「加納サン、加納サン、シッカリスルダ！　コンナコトニ負ケチャイケネエ！」

と、怒りに狂った声をはりあげながら、月光のもとにうずくまっているのは、あの小男の虎若虎蔵である。このような男でも大きな感情の刺げきをうけると、いくらか神経

がしゃっきりするのか、いつもとちがってろれつもわりにはっきりしていた。

「虎若、どうした、どうした!」

　一同がそばへ駆けよると、そこには白衣の美奈子が横たわっていて、虎若はいよいよ人工呼吸に大わらわだった。

「あっ、虎若、加納くんはまだ生きているんだね」

　立花勝哉は身につけている白衣にもおとらぬほど、そう白にこわばった美奈子の顔をのぞきこみながら、いそいで脈をとってみたが、かすかながらも生命の鼓動《こどう》を感ずると、

「ありがたい!」

　と、ホッと額の汗をぬぐいながら、

「しかし、だいじょうぶだろうな、虎若!」

　虎若は、しかしそれには答えないで、一心不乱に人工呼吸をつづけている。恩田平造が手つだおうとしてそばへよると、

「ウウム、イカン」

　と、犬のように鼻をならせて押しのけた。

「恩田、虎若にまかせとけ。こいつ加納くんにはとてもなついてるんだし、昔とったきねづかで人工呼吸ぐらいできるだろう」

　じっさいそのときの虎若は、ひとが変わったようであった。小男で足の悪いあのみにくい容貌には、日ごろと変わりはなかったが、美奈子の上に馬乗りになり、規則ただし

く両腕の屈伸運動をつづけている虎若のその意気込みには、なにかしらけだかいものさえ感じられる。

金田一耕助も上から美奈子の顔をのぞきこんでいたが、ふと、そののどに目をやると、そこにひも状のものでしめられたらしいあとがいたいたしくくいこんでいて、ちょっぴり血のにじんでいるところもある。

金田一耕助があわててあたりを見まわしていると、立花勝哉が土の上から細い絹のひもを拾いあげた。それは、カーテンなどをしばっておくために使用されるもので、一端がプッツリと鋭利な刃物で切断されている。

「虎若、加納くんはこのひもで首をしめられていたのか?」

「ウン、ウン」

と、虎若は犬のように鼻を鳴らしながら、したたりおちる汗をぬぐおうともせず、人工呼吸をつづけている。

「専務さん、どうやらうちの応接室のカーテンのひもですね」

「フム、これは後日の証拠になるかもしれない。金田一先生、これはあなたにおあずけしておきましょう」

「ああ、そう、応接間のカーテンのひもなんですね」

「はあ……そのことについては、またあとでお話ししましょう」

金田一耕助がその絹ひもを手に取って見ると、長さ約一メートル、ひとを絞めるにはおあつらえむきの寸法である。片方の先は、さっきもいったとおり、鋭利な刃物で切断されているが、片方の先には長い房がついている。まさにカーテンのひもである。

金田一耕助がそれを巻いて、ふところへしまいこんでいるとき、とつぜん、美奈子が大きくあえいで、それから二、三度強いせきをした。

「しめた！」

と、立花勝哉がかがみこんで美奈子の顔をのぞきこもうとすると、遠くのほうからベルの音が聞こえてきた。

「ああ、先生がきたんじゃないかな。それとも警察か……」

「専務さん、わたしちょっといってみます」

「よし、たのむ、こちらはだいじょうぶだ」

恩田平造がそそくさと裏口からおも屋の中へはいっていくのを見送って、金田一耕助は、あらためて、あたりのようすを見まわしたが、かれはいまさらのようにこの双玉荘の奇怪な構造に目を見はらずにはいられなかった。

いま美奈子の横たわっている裏庭はおも屋にだけ付属していて、東翼と西翼からは高いへいをもって隔離されているのである。

この双玉荘の平面図をごくかんたんに図解すると、だいたいつぎのような構造になるようである。

いま、美奈子の倒れているのは、おも屋に付属している裏庭のいちばん奥まったところで、そばに小さな物置が建っている。彼女はその物置のまえに倒れていたのだが、金田一耕助があたりを見まわすと、東翼と西翼の二階の裏の窓から、こちらをのぞいているひとの姿が、影絵のように窓わくの中にうかんでいた。

東翼からのぞいているのは降矢木一馬で、西翼のほうはいうまでもなく一馬の妻の五百子である。

ふたりは、まじまじと月光にさらされたおも屋の裏庭の情景を見つめていたが、そのうちに金田一耕助のそぶりによって気がついたのか、降矢木一馬が窓から身をのり出して五百子の姿を見つけた。

と、機関銃のようなば声が一馬の口からとび出すのである。

「ばばあ、こっちへこい！　こっちへきて日奈児のようすを見てみろ！　てめえが日奈児をひねりやがったんだろう！　いまにみろ！　いまに月奈児の首根っこをおっぺしょってやるぞ！　このばばあ、この鬼ばばあ！」

足ふみならし、にぎりこぶしをふりまわす降矢木一馬の形相は、気が狂ったとしか思えない。

それにたいして五百子の顔は、お能の面のように表情もなく、月光のなかにつめたくとりすまして、ただまじまじとおも屋の裏庭に目をやっているのである。

金田一耕助はいまさらのように、この双玉荘をおおうている憎悪と敵意の深さに、ゾーッと鳥はだの立つような恐怖をおぼえ、事件はまだまだこれだけではおさまらないの

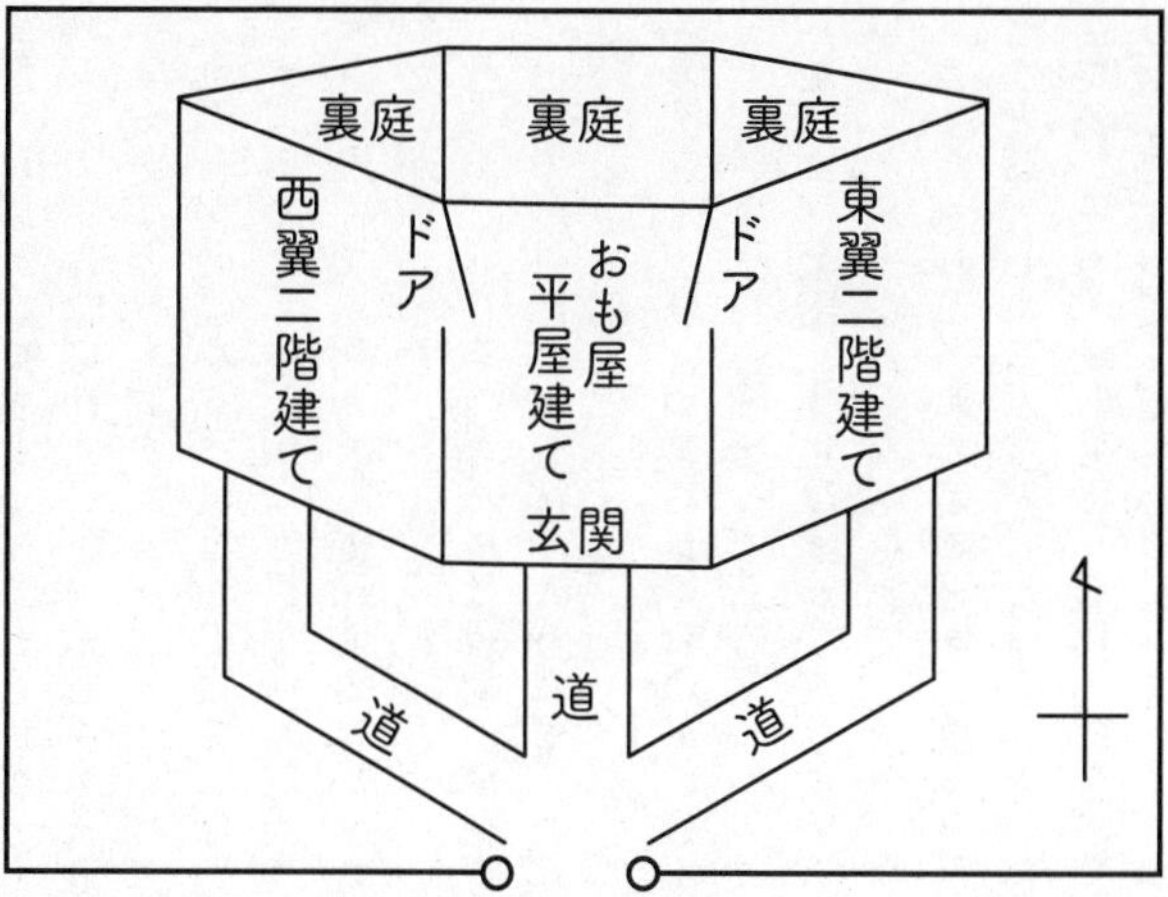

ではないかと、いまさらのように身うちをつらぬいて走る戦慄《せんりつ》をおさえることができなかった。

等々力警部登場

金田一耕助のたのみによって、警視庁から等々力警部が駆けつけてきたのは、朝の九時ごろのことである。

「金田一先生、とうとうおっぱじまりましたね」

双玉荘のおも屋の応接室で、金田一耕助の顔を見ると、いきなり等々力警部のあびせかけたことばがそれだった。

とうとう事件が起こりましたね、といわずに、とうとうおっぱじまりましたね、といったところをみると、警部のかんがえをもってしても、これが最初でしかも最後の

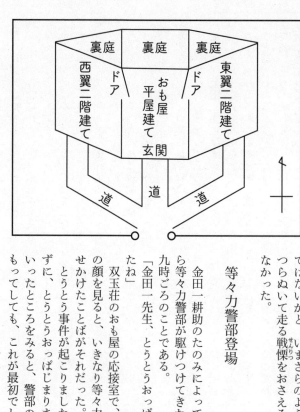

事件とは思えないらしい。これを最初としてまだまだ引きつづき、血なまぐさい事件が起こるのではないかと、等々力警部もそれを恐れているようである。

「いやあ、どうも」

金田一耕助はゆうべほとんど寝ていない。立花勝哉の寝室をかりて、ほんの三時間ほどまどろんだだけだから、目が赤く血走って、無精ひげがモジャモジャとのびている。そうでなくても、あまり健康的とはいえない金田一耕助のその朝の顔色は、しょうすいのかげが深かった。

むろん、もうそのころには所轄の武蔵野署から駆けつけてきた大勢の係官や新聞記者で、家の内外はいもを洗うようにごったがえしていた。捜査主任の日下部《くさかべ》警部補も等々力警部を迎えると、

「警部さん、ひとつよろしくおねがいします、だいぶやっかいな事件らしいんで……」

と、いささか心細そうである。

「なあに、金田一先生にまかしときゃいいんだ。先生はこの事件に最初からタッチしてらっしゃるんだからな。それで、きみ、金田一先生からお話を聞いた？」

「いや、それが、おなじことを二度くりかえすのもなんだから、警部さんがきてから話そうとおっしゃるんで、じつはさっきからあなたのおみえになるのを待ってたんです」

「ああ、そう、それじゃ、金田一先生、日下部くんのために、あの奇妙な遺言状の件から話してやってください。そのあとで、ゆうべお別れしてからのいきさつをどうぞ」

「承知しました」

と、そこで金田一耕助が東海林竜太郎のあのふうがわりな遺言状の内容から、それにまつわる過去の背景などを語って聞かせると、日下部捜査主任も目をまるくして驚いた。

「それじゃ、先生、まるでおたがいに殺しっこをするのを、奨励《しょうれい》するようなものじゃありませんか」

「それなんだよ、金田一先生が恐れていらっしゃったのもそのことなんだ。それでは先生、こんどはひとつゆうべのことをお話しねがえませんか」

「承知しました」

と、そこで金田一耕助がゆうべ等々力警部に別れてうちへ帰ると、どろぼうがはいっていたいきさつから、日奈児の殺害、さらに瀕死の状態で発見された加納美奈子のことなど語って聞かせると、日下部警部補はいうにおよばず、さすが冷静な等々力警部もしだいに顔面が紅潮してくる。金田一耕助の奇妙な物語に興奮してきた証拠である。

「そうすると、金田一先生、加納美奈子は先生の電話を聞くと、まず東翼へいってそこの住人がいるかいないかをたしかめたんですね」

「どうもそのようです。加納くんからまだ直接話は聞いていないんですがね」

「しかし、そのとき東翼には降矢木一馬をはじめとして、杢衛というじいやも小坂早苗という家庭教師も、みんな居合わせたんですね」

と、これは日下部警部補の質問である。

「早苗という娘の話を聞くとそういうことになるようです」

「と、すると、先生のおたくへはいったどろぼうは、たとえこのうちの住人としても、東翼の人間でないことはたしかである……と、こういうことになりますか」

「金田一先生、緑が丘町からここまで自動車を走らせて何分くらい？」

「それはゆうべぼくもためしてみたんですが、すぐ自動車がとっつかまって、まっすぐにこの家へのりつけることができるとすれば、十五分みとけばよろしいでしょうねえ。しかし、どこかで自動車をのりすてて、こっそりうちへはいろうとしたり、そういうことに時間をくっていたら、二十五分はみとかなきゃいけないんじゃないでしょうか」

「それじゃ、先生がどろぼうを逃がしてから、加納美奈子に電話が通じるまでは、どのくらいかかりました？」

「わたしは、どろぼうが窓から逃げ出すのを見送ると、すぐに受話器を取り上げたんです。しかし、ここは直通じゃないでしょう。いわゆる市外通話というやつですから、それに三分ほどかかりました。それからこのうちへ通じてから、美奈子さんが出るまで二、三分はかかったでしょうか。それから会話に二、三分かかったとしても、美奈子さんが東翼へ出かけていくまでには十分くらいのものでしょうねえ」

「とすると、どろぼうはまだ自動車で走っている最中とみてよろしいですね。かりにそのどろぼうがこのうちの住人としても」

「まあ、そういうことになりましょうねえ」

「さて、それじゃ……」

と、等々力警部は指を折って計算しながら、

「加納美奈子は金田一先生のご注意によって、まず東翼の連中がいるかどうかをたしかめにいった。そのとき東翼の連中はぜんぶそこに居合わせた。ただし美奈子はそのとき日奈児が健在であるかどうかたしかめようとはしなかった……」

「そうです。そうです。美奈子さんにしてみれば、そのとき、頭がいっぱいになっていたのは、ぼくの電話のことでしたろうからねえ。だいたい、あのひとはぼくの電話で事情を察していたにちがいない。したがって、あのさい日奈児くんは問題外であった。だから、ドアの外から日奈児くんの寝ている姿を見ただけで満足したんですね」

「さて、それから加納美奈子はどうしたんでしょう。東翼を出て、いったんこのおも屋へ帰ってきた。そして、西翼へいこうとするところを、だれかに絞められたということになるんですかね」

「さあ、それを美奈子さんに聞きたいと思ってるんです。あのひとが尋問に耐えうるようになったらね」

ちょうどそこへ恩田平造がはいってきた。

「金田一先生、お医者さんのお許しが出ました。加納さんとお話ししてもいいって……」

鍵

加納美奈子のへやは、いつか金田一耕助も通されたことがある、東海林竜太郎のへやのすぐとなりになっていた。

東海林竜太郎の息を引き取ったあのへやは、いまはもうしめきってあるのだけれど、美奈子のへやからはドアつづきになっている。むろん、そのドアもいまはピッタリ閉ざされている。

金田一耕助と等々力警部、それから日下部捜査主任の三人が、恩田平造の案内でへやの中へはいっていくと、美奈子のベッドの足もとに、虎若虎蔵が背中をまるくして腰かけていた。

虎若は、またゆうべとはひとがちがったようである。美奈子に人工呼吸をほどこしているときの、あのいきいきとしたひとみのかがやきはうせて、いかにも知能がおくれているらしく、どんよりとにごった目の色である。

しかし、ゆうべ立花勝哉もいったとおり、虎若は知能がおくれていながらもこの美奈子に、一種の献身的な愛情をささげているらしい。ベッドのすそにうずくまっていたかれは、見なれぬひとたちがはいってくるのを見ると、ギロリとにぶい目を光らせた。

「さあ、金田一先生、ゆうべ少しはお眠れになりましたか」

美奈子の枕もとのほうから元気よく声をかけたのは立花勝哉である。からだつきが大柄で精力的なこの男は、金田一耕助以上に寝ていないであろうにかかわらず、はつらつたる生気を全身にたぎらせている。

「いや、どうもあなたのベッドを占領してしまってすみません」

「なあに、ぼくはあそこで寝たからだいじょうぶです」

と、立花勝哉が首をかしげてみせたのは、となりのへやへ通ずるドアである。

してみると立花勝哉は昨夜、東海林竜太郎がさいごの息を引き取ったベッドの上で寝たとみえる。

「それじゃ、先生、だいじょうぶですね」

と、立花勝哉は枕もとにひかえている高野先生のほうへ相談する。

高野先生というのは、東海林竜太郎の主治医であったガン研究の大家だが、きょうはあいつぐ殺人に警察医とはべつに、立花勝哉に呼ばれてきたのである。

「ああ、もうだいじょうぶ。加納くんはがんらい健康なほうだから……金田一先生」

と、高野博士は度の強そうなめがねの奥から、目をシワシワさせながら、

「故東海林竜太郎氏の予感は的中していたようですね。やっぱりあなたの手腕が必要となってきたらしい」

「いや、どうも……」

「それじゃ、われわれは失礼しよう。虎若、おまえもおれといっしょにおいで」

高野博士に手招きされても、虎若は容易にベッドのはしから立ちあがろうとはしなかった。

それをむりやりに立花勝哉にうながされ、やっとふしょうぶしょうに立ちあがると、ギロリと薄気味悪い一べつを一同にくれて、それからノロノロはうようにして、高野博士やら立花勝哉の背後から出ていった。

「金田一先生」

と、一同がへやから出ていくのを見送って、金田一耕助のほうへむけた加納美奈子の微笑には、どこか弱々しいところがある。

「昨夜はたいへん失礼いたしました」

「いや、いや、ぼくこそ。それで、あれからあとのことをひとつ、あなたの口から直接おうかがいしたいのですが、あなた、あれからまず東翼へいかれたのですね」

「はあ、そちらのほうが順序だと思ったものですから」

「そのとき、東翼のほうには異状はなかったんですね」

「はあ、でも、日奈児さんが……」

と、美奈子はおびえたように胸を抱く。そうでなくともそう白のおももちが、いっそう血の気が引いてまっさおだった。

「そうそう、あなたはそのとき、日奈児くんの姿をドアのところからごらんになっただけでしたね」

「はあ、だいたい、日奈児さんに会う必要はないと思ったんですの。先生がお電話でみなさんがいるかいないかをたしかめてほしいとおっしゃったのは、たぶんおとなのかたがたのことでしょうから。それでも、小坂さんがなにげなくドアをひらくと、なんなくひらいたものですから、そこからちょっと……」

「そのとき、日奈児くんはまだ生きていたんでしょうな」

と、これは日下部警部補の質問である。

「さあ、……むろん、それは生きていらしたと思いますけれど……」

と、美奈子の顔はいよいよあおざめて、くちびるがワナワナふるえていた。

「そう、それでは、そのあとを話してください。それからあなたは東翼を出られて、このおも屋へ帰ってこられたんですね」

「はあ、東翼のほうからこのおも屋へ帰ってきました。ところがちょうどそのとき、裏のほうへ自動車がきてとまったような気がしたんですの。そこで先生のお電話を思い出しました。だれかがこっそり帰ってきたのではないか……と。そこで、裏のドアをひらいて、うしろの庭で耳をすませていると……」

「耳をすませていると？」

「いきなりうしろからふろしきのようなものをかぶせられました。ハッと思っていると、こんどはのどへなにか巻きついてきて……それきりなにもわからなくなってしまったんですの」

しい。

そうすると、美奈子は失神しているところを、物置のそばまで引きずっていかれたら

「ところで、あなた鍵は……？」

「はあ、のどをしめられたとき、あたし手に鍵束をもっていました。鍵束をもったまま失神してしまったんです」

「その鍵束というのはこれですね」

と、ベッドの枕もとから等々力警部がとりあげたのは、丸い環に通された数種の鍵の束である。その中にはむろん、東翼と西翼のドアの鍵もまじっているのである。

「この鍵はどこに？……」

「いや、警部さん、その鍵束ならぼくが見つけたんですよ。裏庭へ出るドアの内がわに落ちていたんです。ところで、美奈子さんにお尋ねしたいのですが……」

と、金田一耕助はベッドのほうへむきなおって、

「あなたは東翼から出てこられて、あとのドアに鍵をかけましたか。それとも……」

「さあ……」

と、美奈子はあお白んだ顔をかしげて、しばらくかんがえこんでいたが、

「あたしとしては鍵をかけたつもりでしたが、ひょっとすると……」

「ひょっとすると……と、おっしゃるのは……？」

「それはこうですの。東翼から出てきたあたしは、あとのドアに鍵をさしこみました。

そこへ自動車がとまるけはいが聞こえたものですから、あわてて鍵穴から鍵をぬいたんですの。ですから、そのとき鍵をまわしたか、まわさなかったか、もうひとつはっきりしないんですけれど……」

美奈子がそのとき鍵をかけたか、かけなかったか、後日、それが大きな問題となってきたのである。

犯人は男

「金田一先生、これはどういうことになりますかな」

美奈子の尋問をおわって、もとの応接室へ帰ってきた等々力警部は、まゆをひそめてにがりきっている。

「この事件には共犯者があるということなんですか。それともべつべつにふたりの犯人があるということなんでしょうか。もし、美奈子の聞いた自動車の音というのが、先生のおたくをおそったどろぼうのご帰館とすると、おたくをおそったどろぼうと、美奈子を襲撃した犯人とは別人ということになりますが」

「しかし、警部さん」

と、そばから不服そうにことばを出したのは、日下部捜査主任である。

「どろぼうがうちのすぐ裏まで、自動車をのりつけるというのはおかしいじゃありませんか。これはやっぱりさっき金田一先生がおっしゃったように、どこかで自動車をのりすてて、こっそり帰ってくるのがほんとうじゃないでしょうかねえ、金田一先生」

「そうですねえ」

と、金田一耕助はかんがえぶかそうな目つきをして、

「それに美奈子もはっきり自動車の音を聞いたとはいってませんでしたね。裏のほうへ自動車がきてとまったような気がした……と、いってましたね」

「アッハッハ、なかなかふくみのあることばですね」

日下部警部補がのどを鳴らしてあざ笑うところをみると、このひとは美奈子にたいしてそうとう深い疑惑をもっているらしい。

なんといっても美奈子こそ、東海林竜太郎の遺言状によって指定された最終的な相続人なのだ。日奈児も月奈児も死んでしまえば、莫大な財産が彼女のふところにころげこんでくるのである。

金田一耕助は応接室の中をいきつもどりつ、しばらくかんがえにふけっていたが、やがてフッと立ちどまると、警部補のほうをふりかえって、

「日下部さん、おそれいりますが、もういちど、恩田平造をここへ呼んでくれませんか。ちょっとたしかめてみたいことがありますから」

「ああ、そう」

日下部捜査主任が部下の刑事に合図をすると、まもなく恩田平造がはいってきて、

「はっ、わたくしになにかご用でありましょうか」

と、あいかわらず軍隊口調である。

「ああ、恩田さん、あなたにもういちど聞きたいんだがね」

と、金田一耕助がものしずかに、

「ゆうべ立花勝哉氏の命令で、あなたが東翼のひとたちと、西翼のひとたちを呼びにいったときのことですがね」

「はあ」

「そのとき、西翼のほうのドアの鍵はかかっていたが、東翼のほうは鍵がかかっていなかったというお話でしたね」

「はあ」

「それにまちがいはありませんか」

「それはぜったいに」

と、恩田平造は力をこめて、

「だいいち鍵がかかっていなかったばかりではなくドアが細目にひらいていたんです」

「ああ、なるほど」

と、金田一耕助はうなずいて、

「それじゃぜったいにまちがいありませんね」

「はあ」

「それからもうひとつお尋ねいたしますが加納美奈子さんというひとは、ああして朝から晩まで、看護婦の制服を着てるんですか」

「はあ、だいたい……」

「だいたいとおっしゃるのは？」

「はあ、加納美奈子さんがここにいるのは、日奈児さんと月奈児さんの健康に、たえず注意していること……これがあのひとの任務なんです。ですから、一日三回、すなわち午前十時と午後四時と、それから最後に午後十時に、ふたりの検温をして記入いたします。ですからまあ、一日じゅう看護婦の制服を着ているわけです」

「しかし、午後十時以後は……？　午後十時に検温がおわると、日奈児くんも月奈児くんもベッドへはいると聞いてますが、それでも加納くんは看護婦の制服を着ているんですか」

「いや、それは……ふだんは十時以後は平服に着かえるか、あるいはじぶんもベッドへはいるかするんですが……」

日下部警部補にもやっと金田一耕助の質問の意味がのみこめてきた。かれの目にはいよいよ加納美奈子にたいする疑いの色がこくなってくる。

「しかし、それじゃ加納くんはゆうべはなぜ、看護婦の制服をぬがなかったんです。あのひとが首を絞められたのは、十二時以後のはずだのに、ちゃんと看護婦の制服をつけていましたね」

「はあ、あの、それは……」

と、恩田平造はちょっといいよどんだが、

「たぶん、……立花専務の帰りを待っていたんじゃないでしょうか。それに……そうそう」

と、恩田は急に目をかがやかせて、

「専務より先にふろへはいるわけにはいきませんから、ふろへはいるとき制服をぬぐつもりだったんじゃ……」

「ああ、そう、ありがとう」

金田一耕助があっさりうなずいて右手をふると、恩田平造はなんとなく不安そうに、等々力警部や日下部捜査主任の顔を見ていたが、やがて直立不動の姿勢で頭をさげると、そのままへやから出ていった。

「金田一先生」

と、日下部捜査主任は呼吸をはずませて、

「あいつ、なんだかかくしてるんですぜ。ひょっとするとあいつが美奈子のぐるじゃ……」

「いいえ、日下部さん、なにかをかくしてるのはあの男だけじゃありません。このおも屋の住人は、みんななにかをかくしてるんじゃないですか。立花勝哉も加納美奈子も、それから知能のおくれた虎若虎蔵にいたるまで……」

「金田一先生、それはどういう意味ですか」

と、等々力警部がするどく金田一耕助をふりかえったとき、警察医の弘瀬《ひろせ》先生と東海林竜太郎の主治医であった高野博士が、うち連れだって応接室へはいってきた。

「ああ、日下部くん」

と、弘瀬医師は等々力警部にちょっと目礼して、

「いま高野先生にも立ち会っていただいてもういちど被害者の少年の検視をしたが、被害者がのど首を両の手で絞められたってことはもうまちがいない。のどぼとけの骨が折れているところをみると、よほど強い力でなければならず、また、のどに残っている親指の跡からしても、犯人は男ということになりましょう」

だれが切断したか

弘瀬医師の説明をきいても、もう日下部警部補は驚かなかった。

だいいち、東翼と西翼へ自由に出入りができるのは、加納美奈子と恩田平造だけである。もしこのふたりが腹を合わせれば、どのようなことだってできるはずである。

美奈子はゆうべ日奈児の寝室のドアに、鍵がかかっていないことを知った。そこで東翼から帰ってくると、そのことを恩田に知らせた。そこで恩田が東翼の日奈児のへやへしのびこみひと思いに絞め殺してしまった。

しかし、ただそれだけでは、美奈子に疑いがかかるかもしれないので、恩田が美奈子を死なない程度に、カーテンのひもで絞めておいた……

と、こう解釈すればなにもかも一目りょう然ではないかと、日下部警部補ははやくも犯人をつかまえたような気持ちで、意気込んでいる。

動機……？

動機はわかりきっているではないか。日奈児と月奈児を殺してしまえば、莫大な財産が美奈子のものになる。そうすればその中からそうとうの分け前をもらう約束なのだ。いや、いや。ひょっとすると、ふたりは夫婦になる約束をしているのかもしれない。そうすれば恩田平造は大金持ちのだんなさんということになるではないか。

そうだ、そうだ、それにちがいないと、日下部警部補は大いに意気込んだが、立花勝哉はその説を聞くと一笑のもとにはねつけたのである。

「恩田が東海林の遺児を殺す……？　そんなばかげたことが……」

と、それからまもなく、応接室へ呼び入れられた立花勝哉は、日下部警部補の説をてんで問題にしなかった。

「主任さん、あなたは恩田平造という男をご存じないから、そんなことをおっしゃるんです。恩田はじぶんの子ども……もし、恩田に子どもがあるとしてですね、恩田はじぶんの子どもを殺せても、東海林竜太郎の子どもはぜったいに手にかけることはできないでしょう。じっさい東海林はふしぎな男で、恩田にしろ三崎で殺された郷田啓三にしろ、また小男の虎若虎蔵にしろ、旧部下からは親のようにしたわれていました。この三人は東海林のためなら命を捨てかねないという忠勤ぶりでした。それだけに東海林のほうでも、この三人にめをかけており、また信頼もしていたんです。その恩田が遺児の首を絞めるなんて……それぱっかりはあなたの思いちがいでしょう。ああ、そうそう、それに……」

と、立花勝哉は思い出したように、

「あの、加納くんの首を絞めたカーテンのひもの問題があります」

「ああ、これですね」

と、日下部警部補はさっき金田一耕助からあずかった、カーテンのひもを取り出した。

「そうです、そうです。これはゆうべ金田一先生に申し上げようとして、つい、そのひまがなかったのですが……」

そういえば、ゆうべ立花勝哉はそのひものことについて、なにかいうことがあると金田一耕助にいっていた。

「ほら、ごらんください。このカーテンのひもですね」

立花勝哉がへやを横切り、引きしぼられた窓のカーテンをふりほどくと、なるほどそのカーテンのひもが、五センチほど残してプッツリ切断されている。

「ところで、問題はこのひもがいつ切断されたかということなんですが……」

「なにかそれについてご記憶が……」

「記憶もなにも、きのう、われわれ、すなわちわたしと加納さんと恩田の三人のあいだで問題になったんです。と、いうのは……」

と、立花勝哉はアーム・チェアにかえってくるとゆうゆうとたばこをくゆらせながら、

「きのうの朝、また月奈児くんがてんかんを起こしたんです。あの子はときどきてんかんの発作《ほっさ》を起こすことがあるんですね。で、高野先生の病院へかつぎこむことになったんですが、そのとき同行したのが五百子夫人に家庭教師の緒方一彦、それに看護婦の加納美奈子、さらに男手もひとりじゃ不安だというので、恩田平造もいっしょにいったんです。そのとき、わたしが自動車を運転したんですが、みんなが車にのってから、わたしは忘れものを思い出してこの応接室へ帰ってきました。そのとき、思いついて窓のカーテンをしめましたが、そのときにはカーテンのひもはたしかにあったんです。ところが一同を神田の高野病院まで送りとどけておいて、わたしひとりがここへ帰ってきて、窓のカーテンをひらこうとすると……」

と、立花勝哉がちょっとことばを切ったので、

「ひらこうとすると……？」

と、おうむ返しにききかえしたのは日下部警部補である。

「このとおりカーテンのひもがプッツリ切断されていたんです」

「なるほど」

と、金田一耕助がうなずいて、

「そうすると、加納美奈子さんにしろ恩田平造さんにしろ、このひもを手にいれるチャンスはなかったとおっしゃるんですね」

「そうです、そうです、そのことは虎若……いや、あいつは頭が悪いからだめだが、東翼の家庭教師、小坂早苗に聞いてもらってもわかります。なんとなく気がかりだったから、小坂を呼んできいてみたんです。小坂はむろん知らぬといってましたがね」

「そうすると……」

と、こんどは日下部警部補が身をのりだして、

「そのときこの双玉荘に残っていたのは……？」

「東翼のひとたちがぜんぶと西翼ではお手伝いの山本安江、それから虎若の六人ですね」

「このおも屋の戸じまりは……？」

「虎若というるすばんがおりましたからべつに玄関に鍵をかけていきませんでした。ところが虎若はあの調子だし、たいてい奥にとじこもってますから、だれかこの応接室へしのびこもうと思えばしのびこめたわけです」

「しかし……」

と、日下部警部補はちょっとためらったのち、

「東翼のひとたちが日奈児を殺すはずはありませんね。しかも、おそらく日奈児を殺した犯人が美奈子の首を絞めたのでしょうから、そうなると大きなむじゅんができてきますね。少なくとも……？」

「少なくとも……？」

と、立花勝哉は日下部警部補のいわんとするところがわかっているらしく、挑戦するような口ぶりである。

「いや、たいへん失敬ですが、いまのあなたのお話だけでは、あなたじしんがこのカーテンのひもを、切断したのではないという証拠はどこにもありませんね」

「なるほど」

と、立花勝哉はニンマリ笑うと、

「そして、それを恩田に渡しておいて、ひとしばいうたせたとおっしゃるんですか」

「そういう可能性がたぶんに出てきたわけですが……」

「ところが……」

と、立花勝哉の態度は落ちつきはらったものである。

「わたしのお答えはただひとつです。カーテンのひもを切断したのはわたしではない。これだけは神に誓ってでも申し上げておきましょう」

遺言状開封

もしカーテンのひもの問題がなかったら、日下部警部補は加納美奈子と恩田平造を日奈児殺しの重大な容疑者として逮捕していたかもしれない。ところが立花勝哉の証言によって、いちじおあずけのかたちになった。

念のために小坂早苗を呼び出して尋ねてみると、たしかにきのうの朝の十一時ごろ、おも屋のほうへ立花勝哉に呼びよせられ、切断されたカーテンのひもについて、質問をうけたという返事であった。しかも、立花勝哉と加納美奈子、さらに恩田平造の三人が共謀して日奈児を殺したという証拠はまだ不十分である。

それにしても、もしこの三人が知らぬことだとすれば、いったいだれが日奈児を殺したのか。恩田の証言が事実だとすれば、西翼のドアの鍵はかかっていたというのである。とすれば西翼の住人は、だれもおも屋を通って、東翼へはいっていくことはできなかったはずである。

と、すれば、東翼のひとたちのだれかが、日奈児少年ののどを絞めたのであろうか。なるほど、恩田平造の証言によると、東翼のドアには、鍵がかかっていなかったという。また美奈子も東翼から出てきたとき、鍵をかけたかかけなかったか、はっきりおぼえていないという。

とすると、美奈子が鍵をかけ忘れて後、庭のほうへ気をうばわれているすきに、東翼からしのび出ただれかが、美奈子の首を絞めておいて、さてそのあとで日奈児を絞め殺すことができたであろう。

しかし、日奈児ののどを絞めたのは、男の手であるという。東翼の男といえば降矢木一馬と杢衛じいやである。一馬はあんなにも日奈児を愛していたのだし、また西翼への対抗上、日奈児を殺すはずがない。杢衛じいやにしてからが、降矢木一馬に献身的な忠誠をささげている男である。主人があんなにも愛していた日奈児を、むざんにも絞め殺そうとはぜったいにおもえない。

こうなってくると、やっぱり疑わしいのはおも屋の住人たちなのだが、立花勝哉は実業界でも、そうとう名の通った人物である。むやみに逮捕したり留置したりするわけにもいかなかった。

「それにしても、金田一先生、立花勝哉にしろ恩田平造にしろ、加納美奈子にしろ、また知能のおくれた虎若虎蔵までが、なにかかくしているとおっしゃったが、あの連中はいったいなにをかくしているとおっしゃるんですか」

と、いう等々力警部の質問にたいして、金田一耕助はただユウウツそうに首を左右にふるばかりであった。そしてかれはこういった。

「警部さん、それこそぼくも知りたいところなんですよ」

それから金田一耕助はこうつけくわえた。

「しかし、かれらにそれを打ち明けさせることは、おそらく不可能でしょうね。ただ、ぼくの直感が知ってるんです。かれら四人がなにか重大なことをかくしていると……」

それはさておき、現実にこうして殺人事件が起こってみると、問題になるのは金田一耕助があずかっている、東海林竜太郎の最後の遺言状である。

なくなった東海林竜太郎から全権を委任されている立花勝哉も、警察の厳重な要求にあうと、あくまでそれをこばみつづけることはできなかった。けっきょくその遺言状は日奈児の葬式の翌日、捜査当局立ち会いのもとで、遺族のまえで開封されることになったのである。

それはかつて第一の遺言状が開封された、あのおも屋の応接室の中でのことである。

中央には立花勝哉が陣取っており、そのまえには悲しみにしずんだ降矢木一馬と小坂早苗、李衛じいやの三人ひと組と、それに対立するように、月奈児を中心として五百子に緒方一彦、山本安江の四人。

このグループから少しはなれたところに加納美奈子がしょんぼり首をうなだれている。

このまえにはこれらのひとびとのほかには金田一耕助ひとりだけだったが、きょうはほかに等々力警部と日下部警部補が厳重に目を光らせている。

「それでは、立花さん」

と、金田一耕助はたずさえてきた折りかばんの中から、例の封筒を取り出すと、

「これをあなたにお返しするまえに、みなさんにあらためていただきたいと思います。たしかにこのあいだみなさんからおあずかりした封筒にちがいないということを……」

そこには降矢木一馬と五百子、それから加納美奈子の署名がはいっている。一馬と美奈子は形式的に、じぶんの署名を確認しただけだったが、五百子はハゲタカのように目を光らせて、おのれの署名のみならず封ろうまでも入念に点検していた。

「いかがでしょうか、奥さん、中身がすりかえられているというお疑いでもおありです

か」

金田一耕助がひにくると、五百子はギロリとその顔をにらんで、無言のまま封筒を立花勝哉に返した。

「では、みなさん、疑問はございませんね」

と、立花勝哉ももういちど念をおした。

「確かにこのあいだ、わたしが金田一先生におあずけしたものにちがいございませんね」

一馬と美奈子はすなおにうなずき、五百子もしぶしぶながら首をたてにふった。

「ああ、そう、それじゃここになくなった東海林竜太郎氏の最後の遺言状を開封いたします」

と、立花勝哉がいくらかもったいぶった口調でいって、ハサミを取って、いままさに封筒の封を切ろうとしたしゅんかんである。

疾風のごとくへやの中へおどりこんできたのは虎若虎蔵であった。こぶしをかためて、立花勝哉のみけんに一撃をくれると、虎若の手は、はや遺言状をわしづかみにしていた。

「あっ、虎若、なにをする!」

ほとばしる鼻血をおさえて、かれが立ちあがろうとしたとき、遺言状をわしづかみにした虎若虎蔵の姿はもうドアの外に消えていた。

それはあの知能のおくれた虎若としては、目にもとまらぬはやわざであった。金田一耕助はいうにおよばず、等々力警部も日下部警部補も、ぼう然としてなすすべもしらなかった。

やっとことの重大性に気がついて、一同がドアをとび出して廊下へ出てみると、虎若は背中をまるめて逃げていく。

「虎若、待てえ！」

と、一同がやっとその背後へ迫ったとき、虎若虎蔵はかつて東海林竜太郎が、最後の呼吸を引き取った、あの奥の一室へとびこんで、中からガチャリと掛け金をかけてしまった。あの貴重な遺言状をもったまま……。

灰になった遺言状

「虎若！　ここをあけろ！　虎若」

立花勝哉はドンドンドアをたたきながら、必死となって叫んでいる。

しかし、観音びらきになった二枚のドアはカギがかかっているうえに、中からかんぬきがさしこんであるらしく、たたいたくらいではびくともしない。ドアを破ってはいろうにも、がんじょうな厚板でできたドアだから、ちょっとやそっとでは破れるはずがない。

「立花さん、このへやの入り口、ここしかないんですか」

あせる立花に、日下部警部補が尋ねた。

「あっ、そうだ」

と、立花は急に気がついたように身をひるがえすと、

「ああ、恩田、おまえはここで見張っていてくれ。虎若が逃げださないように用心しろ！」

と、早口に命令しておいて、

「金田一先生、警部さん、日下部さんもこっちへきてください！」

廊下をまがるとそこに美奈子のへやがある。美奈子のへやの奥には、いま虎若が閉じこもっているへやへ通ずるドアがあるのだ。もちろん、そのドアも鍵がかかっていたけれども、もしぶちこわすのなら、こっちのほうがかんたんである。

しかし、立花勝哉としては、なるべくおだやかに虎若を説き伏せるつもりなのである。

「虎若、さあ、いい子だからこっちへ出ておいで。そして、いまおまえがもって逃げた封筒をおとなしくおれに返しておくれ……」

「ああ、ちょっと立花さん！」

とつぜん金田一耕助が立花勝哉の腕に手をかけた。

「ちょっと、だまって……、ほら、あの音……」

「え？」

と、立花勝哉がだまりこむと、しいんとしずまりかえったへやの中から聞こえてくるのはビリビリと紙を引きさくような音である。

「アアッ！」

と、立花勝哉は驚きの声をあげ、

「虎若！　虎若！　おまえはいったいなにをしているんだ！　あけろ！　あけろ！　ここをあけろ！」

立花勝哉は猛然としてふたたびドアにぶつかっていく。日下部警部補もそれを手伝ったが、がんじょうなドアはびくともしない。

「恩田！　恩田！」

と、立花勝哉が大声で叫ぶと、恩田があたふたとやってきた。

「はっ、専務さん、なにかご用でありますか」

と、恩田平造はあいかわらず軍隊口調。

「おまえは、むこうへいってまきかナタをもってきてくれ、このドアをぶっこわして……

……」

「はっ！」

走り去る恩田のうしろ姿を見送って、立花勝哉はふたたびドアにむかってなだめにかかった。

だが、立花勝哉のそのことばを、まるであざけってでもいるように、紙を破る音がつづいていたが、それが終わるとマッチをする音がする。

「あっ！」

と、立花勝哉はふたたび絶叫した。破ったものならまたはりあわせて、そこになにが書いてあったか読むことができるだろう。しかし、焼きすてられてはそれこそ、もとも子もなくなるのである。

「ちくしょうッ！　ちくしょうッ！　虎若め！」

立花勝哉がじだんだを踏んでいるところへ、恩田がオノをもってやってきた。とそのとき、ドアのむこうがわからノロノロと、こちらへ近づいてくる足音がする。

恩田がオノをふりかぶったまま、まごまごしていると、ドアのむこうがわでガチャガチャと鍵をいじる音。と、ドアがひらいて、ヌウッと顔を出したのは、小男で知能のおくれた虎若虎蔵である。

「ばか、この野郎！」

いきなりピシャッとビンタをくわされた虎若は、二、三歩横へすっとぶと、ドシンとそこにしりもちをついて、あきれたような顔色である。

立花勝哉を先頭に立て、金田一耕助と等々力警部、日下部警部補の一行は、しりもちをついてキョトンとしている虎若には目もくれず、ドヤドヤとへやのなかへふみこんだが、そのせつな、

「オッ！」

と、叫んで一同はその場に立ちすくんでしまったのである。

へやのすみには大きなストーブが切ってあるが、そのストーブの中で青白いほのおを

あげているのは、あの貴重な遺言状ではないか。

「しまった！」

と叫んで立花勝哉はそばにあった石炭ばさみで、遺言状をつまみあげようとしたが、そのとたん薄白いもえがらとなった遺言状は、石炭バサミの先で砕け散って、こなごなの灰となってくずれてしまった。

「虎若、き、きさまはなんだってこんなことを！」

と、立花勝哉はそこから虎若をにらみすえたが、その虎若虎蔵はペッタリ床にしりもちをついたまま、ほっぺたをなでながらキョトンとしている。

さっき表の応接室へおどりこんできたときの権幕にくらべると、まるでひとが変わったようである。

金田一耕助はしばらくまじまじとその顔を見つめていたが、その目をもういちどストーブの中に移した。

ストーブの中には遺言状のもえがらが、もはや完全な灰となって薄白くもりあがっている。ああ、その遺言状の中にはいったいどんなことが書いてあったのか。いや、なにが書いてあったのか。いや、なにが書いてあったにしろ、その遺言状は二度とこの世に帰らぬものになってしまったのだ。金田一耕助はそれを思うと、おもわずゾクリとからだをふるわせたのである。

上海ジム

双玉荘で東海林竜太郎の遺言状が、あとかたもなくもえくずれてしまったそのよく日の夜のことである。

銀座裏の三光ビルというビルディングの地下室、「山猫《やまねこ》」という名の酒場の片すみで、さっきから人待ち顔に、しきりにたばこを吹かしているふたり連れがある。

ひとりは金田一耕助で、例によって、よれよれのはおりはかまに二重マントをだらしなく肩からはおって、頭はいつものとおりスズメの巣のようなモジャモジャ頭である。

さて、もうひとりは等々力警部なのだが、もちろん警部は制服などは着ていない。はでなせびろにまっ赤なワイシャツ、黒い大きなサン・グラスをかけているところは、とんと密輸団のボスというかっこうである。

ふたりは「山猫」のいちばん奥のすみっこに陣取って、この酒場へはいってくる人間があるごとにジロリとそのほうへふりかえる。はいってくるのはいずれも人相の悪い男ばかりである。

それもそのはず、この「山猫」という酒場は、密輸業者ややみブローカー、もっとたちの悪いのになると、ヒロポンの密造者など、よからぬ連中の集会所になっているのである。それだけに、すねに傷もつ身のうえだから、そこに見かけぬふたり連れを発見すると、みんなギョロリと目を光らせて、酒場のバーテンにひそひそなにか聞いている。

等々力警部は多少薄気味悪くなってきた。

「金田一さん、いったいわれわれはここでだれを待ってるんですか」

「なあに、上海《シャンハイ》ジムくんを待ってるんでさあ」

「上海ジム……？」

と、等々力警部は黒いサン・グラスの奥で目を見張って、

「金田一さんは、上海ジムをご存じですか」

と、おもわず息をはずませた。

等々力警部が驚くのもむりはない。上海ジムというのは密輸団のボスで、かねてから警察から目をつけられている人物だが、やりくちが巧妙なのでなかなかしっぽがつかめない。ふつう上海ジムで通っているが、もちろん日本人である。それでいて本名はなんというのかだれも知っている者はない。等々力警部は係りがちがうが、いつも警視庁の同僚からうわさは聞いている男である。

「金田一さんは上海ジムをご存じですか」

と、等々力警部はまた同じことを尋ねた。

「はあ、ちょっと……」

「いったい、どういう関係なんです」

「いやあ、いつかジムくんが殺人の疑いをうけたとき、わたしがちょっと働いて、無実

であることを証明してあげたんです。ああ、そうそう、このことはあなたには内緒でしたね」

そういえば等々力警部もおぼえている。

いつか上海ジムが三人の人を殺したという疑いで逮捕されたことがあった。証拠も十分そろっており、もしそのとき上海ジムが有罪ときまれば、死刑はまぬがれなかったのである。ところがさいごのどたんばになって事件がひっくりかえった。世にも意外な人物が真犯人として逮捕され、上海ジムの無実の罪が晴れたのである。

「ああ、そうだったのですか。それじゃあの事件は金田一さんが解決なすったのですか。わたしゃちっとも知らなかった」

「いや、あのときよっぽどあなたに相談しようかと思ったんですが、止められやあしないかと思ってね。まあ、ジムくんの職業は職業として、正義はやっぱり正義ですからね」

「そりゃ、そうです。しかし、金田一先生、上海ジムにいったいどういう用事がおありなんですか」

「いや、じつはあのひとに頼んで酒井圭介《さかいけいすけ》くんのゆくえを捜してもらっていたのです。そのゆくえがわかったというもんですからね」

「酒井圭介というのはどういう男ですか」

「なあに、東海林竜太郎のおいなんですよ」

アッ！　と、等々力警部はおもわず口のうちで叫んで、金田一耕助を見なおした。

「ああ、それじゃあ東海林の肉親の者が見つかったんですか」

「はあ、ふたりね。おいと、めいです」

と、そこで金田一耕助はテーブルに身をのりだすと、

「東海林竜太郎にふたりの姉があったということは、たしかまえにお話ししましたね」

「はあ、それはうかがいました」

「その姉は上を松子、下を梅子といって、もちろんふたりとも結婚したんです。ところが、結婚した相手というのがふたりとも軍人なんですね。松子の夫は酒井良介、梅子のだんなさんは古坂敏夫《ふるさかとしお》といったんです。ところが軍人ですからふたりとも戦争中に、武運つたなく戦死してしまったんです。しかも、松子も梅子も戦後死んでしまったんですが、ふたりにはひとりずつ子どもがあったんです。松子の子どもが男の子で、いまいった酒井圭介、梅子のこどもは女の子で古坂綾子というんですが、ふたりともながいあいだゆくえ不明になっていたんですね。それがこんどやっと松子のこどもの酒井圭介のほうだけ、どうやら消息がわかりそうになってきたわけです」

「それがこのへんにいるというわけですか」

「はあ、酒井の郷里は兵庫県の姫路なんですが、両親の死後、父の兄、すなわちおじのところへあずけられていたんです。終戦のときがなんでもかぞえで十四だったといいますから、いまでは二十六、七になってるわけですね。ところがおじのところにいてもおもしろくなかったとみえて、二十の年に姫路をとびだしてそれきりゆくえがわからない

んです。それをいろいろ姫路のほうへ問いあわせたりなんかしているうちに、去年、親せきの者が東京で会ったことがあるが、すっかり不良になって、グレン隊みたいなかっこうをしていたというんです。それなら上海ジムにたのめば捜してもらえやしないかと思って話してみたら、快く引き受けてくれて、けさがたやっと居場所がわかったから、ここへくるようにって使いをくれたわけです」

「なるほど」

と、等々力警部はうなずいて、

「ところでもうひとりのめい、古坂綾子のゆくえは……?」

「いや、それはまだわからないんですが、姫路からの手紙によると、酒井圭介に聞けばわかるはずだというんです」

「ああ、そう、ところで金田一先生は……」

と、等々力警部は相手の顔をまじまじと見守りながら、

「東海林竜太郎のおいとめいがこんどの事件、日奈児殺しになにか関係があるという見込みなんですね」

「いや、べつにそういうわけではありませんが、いちおうその消息を知っておくのもむだではないと思いましてね。あっと、ぼくになにか用……?」

金田一耕助のそばへやってきたのは、一見してヤクザの下っぱみたいな風態の青年だが、その態度はていちょうをきわめている。

「金田一耕助先生でいらっしゃいますね」

「ああ、そう、ぼくが金田一だが」

「失礼ですがお連れの方はどなたでいらっしゃいましょうか」

「ああ、こちら警視庁捜査一課の等々力警部さんだ」

「エッ？」

と、若い男の顔にサッと恐怖と敵意の色が走ったが、金田一耕助はニコニコ笑いながら、

「なにも心配することはないんだよ。ジムさんも万事承知のうえなんだから」

ものいわぬ病人

「金田一先生、よくいらっしゃいました」

そこは三光ビルの三階の一室、「上海興業株式会社社長室」と、金文字ですりこんだガラス戸をひらくと、中はデラックスなへやである。ふたりの姿を見て、ニコニコと立って出迎えたのは、五十歳前後の白髪老人で、これが上海ジムだった。

密輸団のボスで上海ジムなどというあだ名があるところから、どんなおっかない男かと思っているど、これはまた意外な、いかにも柔和な感じの好人物だ。

「これはこれは、等々力警部さん、ご高名はかねてからうけたまわっておりましたが、

お目にかかるのははじめてですね。これをご縁にこんごなにぶんよろしく」

上海ジムの如才《じょさい》ないあいさつに等々力警部はにがりきっている。それはそうだろう。密輸のボスによろしくとあいさつされて、承知しましたともいえないではないか。

金田一耕助はニヤニヤしながら、

「いやあ、ジムさん、あいさつはぬきにして酒井圭介くんはどこにいるんですか」

「ああ、そう、それじゃさっそくご案内いたしましょう。話はいずれ自動車の中ででも申しあげるとして……」

三光ビルはぜんたいが上海ジムの支配下にあるらしい。三階からエレベーターで地階へおりていくとちゅうには、いたるところにジムの子分らしいのが警戒の目を光らせていた。

三人をのせたキャデラックが走り出すと、あとから子分をのせた自動車が見えがくれについてくる。

「ところで金田一先生、お尋ねの酒井圭介ですがね、これがちょっとやっかいなことになっておりましてね」

自動車が走りだすとさっそく上海ジムが話をはじめた。

「はあ、やっかいなこととおっしゃると？」

「いや、酒井圭介という男は新宿の五つ星組の身内になっていたんです。五つ星組――ご存じでしょうねえ」

　等々力警部はいうにおよばず、五つ星組なら金田一耕助も知っていた。五つ星組の親分五つ星長太郎というのは、新宿を根城にするボスで、ユスリ、タカリが専門の一種のギャングみたいな組合なのである。

「ところが酒井圭介という男ですが、これがなにかヘマをやったらしくて、わたしが捜しあてたときには、仲間のオキテでまあリンチみたいな目にあっていたんですね。それをまあ、いろいろ五つ星組に交渉して、やっと身柄をこちらへもらったんですが、やつれはてた状態ですからいま病院へ入れてあります」

「そんなに重態なんですか」

　と、金田一耕助はドキリとする。

「いえ、いえ、重態といってもべつに内臓の病気ではなく外傷ですからね。それに年齢もまだ若いから、快方にむかえばはやいでしょうが、わたしが会ったときは相当弱っていました。一週間ほどろくに食べ物もあてがわれなかったらしいんですね」

「ひどいことをするもんですね」

「いや、金田一先生なんかの目から見ればひどいことでしょうけれど、本人もそれを承知のうえで仲間に誓約を入れてるんですからね」

「しかし、ジムさんはそんな手荒なまねはしないでしょうねえ」

「いや、わたしも昔はやりましたよ。アッハッハ、いや、その天罰でいつかああしてあやうく死刑になりかけたでしょう。あのとき金田一先生に助けていただいたうえに、こんこんとご意見をいただいて以来、そういうことはやめました。けっきょく、ムチやピストルで仲間をおさえようというのは、まちがっているということに気がついたのです。アッ、どうやらついたようです」

そこは神田でも有名な安全病院のまえである。自動車をおりるとき等々力警部がふりかえると、護衛の自動車も十メートルほど先でとまった。

薬くさい病院の長い廊下をいくどか曲がると、かたわらの病室のまえに酒井圭介の名札がかかっており、そのドアのかたわらでいすにもたれて本を読んでいる男が、遠くのほうから上海ジムの姿を見ると、いすから立ち上がって直立不動の姿勢でむかえた。

「ああ、花井か。患者さんはどうかね」

「ハッ、いま看護婦が検温して出ていきましたが、おいおい調子はよいようです」

「ああ、そう、金田一先生、等々力警部さんもどうぞ」

等々力警部と聞いて子分の花井が、ギョッとしたように目をまるくしているのもいさいかまわず、上海ジムはみずからドアをあけて先へはいった。

さすがに上海ジムのお声がかりだけあって、そこはこの病院でもいちばんよい病室で、むろん、酒井圭介ひとりのへやである。

「酒井くん、どうかね、おいおい調子がよいそうでけっこうだね」

上海ジムが声をかけたが、酒井は鼻の上まで毛布をかぶって返事もしない。

「アッハッハ、やっこさん、よく寝ているとみえる。おい、おい、酒井くん、ちょっと目をさましてくれないかね。たいせつなお客さんをご案内してきたんだから……」

上海ジムはにこにこしながら、酒井をゆすり起こしにかかったが、そのとき、出し抜けにうしろから叫んだのは金田一耕助である。

「あっジムさん、その男にさわらないで！」

「えっ、金田一先生、ど、どうしたんで……」

上海ジムは驚いてふりかえったが、金田一耕助は返事もせず、ベッドの上の酒井のひたいを、じっと見ていたが、きゅうに、

「け、警部さん！」

「き、金田一さん、ど、どうしたんですか」

「警部さん、お願いです。あなたの手であの毛布をめくってみてくださいませんか」

等々力警部にもようやく金田一耕助の恐れている意味がわかってきた。毛布からのぞいている酒井の目のふちは土色をしているのである。警部がベッドのそばへより、ひとおもいに毛布をひっぺがしたとたん、

「ムウウ！」

と、うなった上海ジムの面上には、サッと怒りの色がもえあがった。

なんということだ！　仰向けに寝た酒井の胸には、医学用の鋭いメスがグサッと根もとまで突っ立っているではないか。

怪看護婦

「花井！　花井！」

と、怒りにふるえる上海ジムの声に、

「はあ、社長」

と、廊下の外で見張りをしていた用心棒の花井が、びっくりしたようにドアをひらいて顔を出した。

「きさま、これはどうしたんだ。だれがこんなことをやってのけたんだ！」

「こんなこと……？」

と、なにげなくベッドの上に目をやった花井は、酒井圭介の胸に突っ立っている鋭いメスに目をやると、

「アッ！」

と、おもわずとびあがって、

「ちくしょう、そ、それじゃいまの看護婦が……」

「花井さん、その看護婦がやってきたとき、この患者はたしかに生きていたんでしょうね」

と、これは金田一耕助の質問である。

「ええ、そりゃもちろん。ぼくはへやの中へはいりませんでしたが、患者の声が聞こえてましたから」

「しかし、花井、この患者がさされたときの叫び声を、きさまは聞いていなかったのか」

「いえ、ところが、いっこうにそんな声は聞こえなかったんで……」

「花井さん、その看護婦はどれくらい長くこのへやにいましたか」

「へえ、十分ぐらいでしたろうか。検温にしちゃ少し時間が長すぎると思ったんです」

「ああ、そう」

と、金田一耕助はそでのめくれあがった患者の左腕を指さして、

「ジムさん、被害者の声をたてなかった理由がわかりましたよ。ここに注射のあとがあります。だから犯人は被害者をだまして眠り薬の注射をしたんですね。そして被害者が眠りこむのを待って、毛布で顔をおおって、声をたてても外へもれぬようにしておいて刺したんじゃないでしょうか」

「なるほど、それだからこううまく心臓がねらえたわけですな」

と、等々力警部は金田一耕助の鋭い観察に感心している。

「それで、その看護婦はどんな女でした」

「はあ、ところがわたくしはろくすっぽ顔も見ていないんです。そういえばまえにきた看護婦とちがっていて、大きな黒めがねをかけていましたけれど……」

「それで、それ、何時ごろのこと……?」

「はあ」

と、花井は腕時計に目をやって、

「いま、八時四十五分ですね。それじゃ、看護婦がやってきたのは、いまからちょうど三十分まえです。いまごろ回診があるのかなと思って時計を見たら八時十五分でしたから」

「それから、十分ほどここにいて出ていったというんですね」

「そうです。そうです。ですから二十分ほどまえにここを出ていったことになります」

しめた！　と、金田一耕助は心の中で叫んだ。神田から吉祥寺までどんなに自動車をいそがせたところで、二十分ではおぼつかない。

「警部さん、あなた病院のひとたちを呼んで、このことを報告してください。それからジムさん」

「はあ」

「花井さんをおしかりにならないように。花井さんはこのひとの生命をねらっている人間がいようとは、ゆめにも知らなかったんですし、それに犯人はよくよく巧妙なやつなんですから」

「いや、先生、まことに申しわけございませんでした。あなたのだいじなひとを殺してしまって……」

「ああ、いや、警部さん、それじゃぼくちょっといってきます」

「いくってどちらへ……？」

「いや、ここの電話をかりて吉祥寺へかけてみます。みんなそろっているかどうか……」

「ああ、そう、じゃ、あとはわたしが引き受けました」

「おねがいします。ぼくはもういちどここへ帰ってきますけれど……」

と、そういう話ももどかしげに、病室をとび出した金田一耕助が、病院の受付で電話をかりて、吉祥寺へかけると、思いのほかはやくむこうが出て、電話の声は女である。

「ああ、もしもし、こちら金田一耕助ですが、あなた加納美奈子さん？」

「いいえ、あたし小坂早苗でございます」

「アッ」

と、金田一耕助は驚いて、

「あなた、どうしてそこにいらっしゃるんですか」

「はあ、あたしおるす番をたのまれて……」

「おるす番……？　じゃあ、みんないないんですか」

「いいえ、虎若さんはいらっしゃいますけれど……」

「虎若さんはいるけれど、ほかのひとたちはいないんですか」

「はあ」

「いったいどこへ出かけたんですか」

「はあ、じつはさっき月奈児さんがまたてんかんの発作を起こされて、立花さんが自動車で病院へ連れていかれたんです」

「病院……？」

と、聞きかえしたせつな金田一耕助は、ゾーッと背筋をつらぬいて走る戦慄を、禁ずることができなかった。

「病院というと、神田の高野病院ですね」

「はあ」

「そして、だれとだれが月奈児くんについていったんですか」

「奥さまと家庭教師の緒方一彦さん、それから加納美奈子さんと恩田平造さんです」

「そして、立花さんが自動車の運転をしていかれたんですね」

「はあ」

「いったい、それ、何時ごろのことなんですか。自動車がそちらを出発したのは……？」

「はあ、六時半ごろのことでした。お夕飯のさいちゅうに発作を起こされたとか……」

金田一耕助はまた背筋をつらぬいて走る戦慄を、おさえることができなかった。六時半に吉祥寺を出たとすると、おそくとも七時半には高野病院に到着しているはずである。そうすると、怪看護婦が酒井圭介の病室へあらわれた八時十五分ごろには、立花勝哉をはじめとして、降矢木五百子に緒方一彦、加納美奈子と恩田平造と、この五人の関係者は、つい鼻の先の高野病院へきているのだ。

「金田一先生、金田一先生」

と、電話のむこうで小坂早苗が、気づかわしそうに声をふるわせて、

「なにかまた、あったんでしょうか」

「いや、いや、いまにわかります。それじゃまた……」

受話器をおいて受付を出たとき、金田一耕助のひたいには、グッショリ汗がうかんでいた。

もとの病室へ帰ってくると、医者や看護婦がかけつけてきて、病室の中はごったがえすようなさわぎである。

「金田一先生、やっぱり看護婦がやったらしい。先生の診断では、やられたのは八時以後だろうということですから」

と、等々力警部も興奮している。

「ああ、そう」

と、金田一耕助はうなずいて、

「それじゃ、警部さん、ここはみなさんにまかせておいて、あなたはわたしといっしょにきてください」

「どこへ……?」

「いえ、それはここを出てから申し上げましょう」

「金田一先生、お出かけでしたらわたしの自動車で……」

と、上海ジムがそばから口を出したが、

「いや、それにはおよびません。歩いていけるところですから、……そうそう、ひとつこの花井さんを貸してくださいませんか。ちょっと見てもらいたいものがありますから」

「さあ、さあ、どうぞ」

「すぐおかえししますが、ジムさん、これもなにかの縁だと思って、酒井圭介さんのおとむらいをしてあげてください」

「はっ、承知いたしました」

上海ジムはいんぎんに頭をさげた。

第三の殺人

酒井圭介が殺された安全病院から、月奈児の入院している高野病院までは、男の足で歩いて五分くらいの距離である。

みちみち金田一耕助が事情を説明すると、等々力警部は驚いて、

「金田一先生、それじゃやっぱり加納美奈子が……」

「さあ、なんともいえません。とにかく花井くんに首実検をしてもらおうじゃありませんか。花井くんはろくすっぽ顔を見ていないといってますが、会ってみれば身についているふんい気やなんかでわかるかもしれませんからね」

「ああ、なるほど」

と、等々力警部もうなずいて、

「しかし、このことは花井にはいわないほうがいいでしょうかねえ。先入観を植えつけるようなもんだから」

「そうです、そうです。ですからひとつ、加納くんを待合室に呼び出してもらって、さりげなく会わせてみようじゃありませんか」

花井は、なんにも知らずに五、六歩おくれて、ふたりのあとからついてくる。

「ときに、金田一先生、きょうのこの殺人事件は日奈児殺しに関係があるんでしょうねえ」

「それはもちろんあると思いますね」

「あるとすればどういう関係が……?」

「さあ、それはまだ……」

と、ことばをにごしているものの、金田一耕助になにかかんがえるところがあるらしいのを、等々力警部は知っていた。

酒井圭介が殺されたと知ったときの、金田一耕助のひとみにうかんだかがやきを、等々力警部は見落とさなかったのである。しかし、こういう場合、よほどの確信をもたないかぎり、ぜったいにそれを口に出さない相手であることも、等々力警部はよくわきまえている。だから警部はそれ以上、つっこむことはさしひかえていた。

やがて高野病院へ到着すると、受付にたのんで、加納美奈子を待合室へ呼び出してもらった。

美奈子はいつものように看護婦の制服を着ているが、その顔を見ても花井の表情に、なんの変化も起こらないのを見て、等々力警部は深い失望を感じずにはいられなかった。

美奈子はふしぎそうに三人の顔を見守りながら、

「金田一先生、なにかまた……?」

と、不安そうに声をふるわせている。

「いや、いや、べつに……じつはさっき吉祥寺のほうへ電話をかけてみたところが、月奈児くんがまた発作を起こして入院なすったと聞いたもんですから、どういうごようすかとおうかがいにあがったんです。ちょうど警部さんとこのひと……花井くんと三人でこの近所、ほら、この先に安全病院というのがあるでしょう。あそこまできたもんですから」

「はあ」

安全病院と聞いても、美奈子の顔にはべつになんの変化も起こらなかった。

また、花井のほうにチラと目を走らせたが、ぜんぜん恐怖の色もうかばない。花井は花井でまじまじと美しい美奈子の顔をながめながら、相変わらずキョトンとしているので、等々力警部はいよいよ深い失望を味わわずにはいられなかった。

「ときに、月奈児くんの容態はどうなんですか」

「はあ、ありがとうございます。やっとさっき落ちついたところでございます」

「こちらへお着きになったのは何時ごろでしたか」

「はあ、七時半ごろだったんじゃないでしょうか」

「みなさん、まだそばに付きそっていらっしゃるんですか」

「いいえ、専務さんはわたしどもを送ってくだすって、すぐにお帰りになりました。それから恩田さんも月奈児さんが落ち着いたところを見ていまさっきお帰りになりました」

「ところで、あなたは七時半ごろこちらへお着きになって、ずうっとこちらに……？どちらかへお出かけになりませんでしたか」

「はあ、あの、奥さまのおいいつけでパジャマを買いに……あんまりあわてて緒方さんが月奈児さんのパジャマを忘れていらしたものですから……」

「それ、何時ごろのことですか」

「はあ、八時ちょっと過ぎのことですけれど……」

と、美奈子の目にはまた不安の影がさしてきて、

「しかし、先生、なにかまた」

「いや、いや、それではいま奥さんと緒方さんが付きそっていらっしゃるわけですね」

「はあ、あの、奥さまはわたしのるすちゅうにどこかへお出かけになったようでしたが、ついいましがた帰っておみえになりました」

「ところで、あなた、酒井圭介というなまえを聞いたことはありませんか」

美奈子はハッとしたように、

「酒井圭介さんといえばたしか社長さん、いえ、あの、おなくなりになった社長さんのおいごさんだとか……」

と、美奈子のことばもおわらぬうちに、廊下の奥からあわただしい足音が近づいてきたかと思うと、待合室の入り口にあらわれたのは五百子である。

「ああ、金田一先生、警部さん！」

と、五百子は怒りの形相ものすごく、わななく声で加納美奈子を指さしながら、

「この女をとらえてください。この女をしばり首にしてください！」

「ええ、奥さん、ど、どうかしたんですか」

「月奈児が殺されています。犯人はこの女にちがいありません」

つぎのしゅんかん、等々力警部は待合室をとび出していたが、金田一耕助はすばやく花井をふりかえって、耳に口をよせてささやいた。

「きみ、さっき安全病院へきた看護婦というのは、いま目の前にいるひとじゃないか？」

花井はびっくりしたように美奈子の顔を見なおしたが、すぐ強く首を左右にふって、

「それはちがいます。ぼく、チラとしか顔を見なかったんですが、それでもこのひとではありません。もっといかつい女でした」

「ああ、そう、それじゃきみはもう帰ってよろしい。ジムさんによろしく」

いまにも失神しそうになっている加納美奈子の手をとって、月奈児の病室へやってく

ると、ベッドのそばに緒方一彦がぼう然とした顔色で立っている。

見ると月奈児の細い首には、絹の細ひもが食い入るように巻きついているが、その細ひもはいつか美奈子がのどを絞められた、カーテンのひもとおなじ種類のものである。犯人はまた双玉荘のカーテンのひもを切断したらしい。やがて、医者がかけつけてきて手当てをしたが、もうすでに手おくれだった。

「この女がやったのです。財産ほしさにこの女がやったんです。あたしがちょっと外出して帰ってきたとき、この女がひとりでベッドの枕もとにすわっていました。月奈児は毛布を鼻の上までかぶっていたので、あたしはそのとき気がつかなかったのです。そこへあなたが面会にこられたので、この女が出ていったのです。そのあとでなにげなく毛布をずらせると……この女がやったのです。この女が月奈児を殺したんです」

五百子は気ちがいのようにわめきつづける。

「緒方くん、きみはそのときどこにいたの？」

金田一耕助が尋ねると、

「はあ、ぼくはとなりの付きそいのへやで新聞を読んでいたんです。ところが金田一先生」

と、緒方は目をひからせて、

「月奈児くんはきょう発作を起こすまえに、みょうなことをいいましたよ」

「みょうなこと？」

「虎若虎蔵がふたりいるって。あのうちに虎若がふたりいるといいはってきかなかったんです」

虎若虎蔵がふたりいる……それを聞いたせつな、耕助はおもわずギョッと息をのんだ。

天じょう裏の怪人

中央線吉祥寺の奥にある双玉荘は、いま厳重に警官たちによって包囲されている。それは神田の高野病院で、月奈児が何者にともしれず絞め殺された夜の十二時過ぎのことである。

双玉荘の空高く、とぎすましたカマのような月がかかって、なんとなく異変を思わせるような夜である。双玉荘のまわりを取り巻く警官たちも、みなぼうしのあごひもをかけて、キッと結んだくちびるにも緊張の気がみなぎっている。その緊張は双玉荘の内部においては、いっそうきびしかった。

双玉荘の中央の建物の応接室には、ここに住むひとびとがぜんぶかん詰めにされている。まず東翼の住人からいえば、降矢木一馬に家庭教師の小坂早苗、それに杢衛じいやの三人、また西翼から降矢木五百子に家庭教師の緒方一彦、それから女中の山本安江、さらに中央の建物の住人である立花勝哉に恩田平造、虎若虎蔵に加納美奈子と、以上の十人が敵味方なかよくいっしょで、さっきからムッツリとたがいににらみ合っているのである。そのへやの周囲を警官が厳重に取り巻いて、監視の目を光らせていることはいうまでもない。

金田一耕助と等々力警部、それから所轄警察の捜査主任日下部警部補の三人は、かつて東海林竜太郎が息を引き取った、あの箱のようなへやに閉じこもって、しきりに床を調べ、壁をたたいて、その音響を調べている。

「しかし、金田一先生」

と、へやの中を調べあぐねた日下部警部補は、多少うんざりしたように、

「月奈児がいったからって、そんなことまにうけていいんでしょうかね。虎若虎蔵がふたりいるなんてことは……ああいう子どものいうことですから、あんまり当てにならないんじゃないですか」

「いいえ、主任さん」

と、金田一耕助はげんぜんたる調子で、

「だからこそまにうけていいと思うんです。ああいう子どもはわれわれふつうの神経をもつものの気がつかぬところに意外な神経がはたらくものです。それに……」

「それに……?」

と、等々力警部がふしぎそうにあとをうながす。

「いや、われわれはもっとはやく、そのことに気がつかなければならなかったんです。あの遺言状をうばい去っていった虎若虎蔵と、遺言状を焼きすてたのち、このへやの中

で発見された虎若虎蔵とは、たしかに人間がちがっていましたよ。また、加納美奈子があやうく殺されかかった夜の虎若も、ふだんの知能のおくれた虎若と、たしかにちがっていたようです」

「そうすると、金田一先生のおかんがえでは、このへやにどこか密室が付属していて、そこににせの虎若虎蔵がひそんでいるというんですね」

「そうです。そうです。ほら、日奈児の殺された晩、看護婦の加納美奈子が、夜おそくまで看護婦の服を着ていたでしょう。あれなども、ここでだれかがかくれている証拠です」

「しかし、その密室はどこに……?」

等々力警部と日下部警部補が、キョロキョロへやの中を見まわしているとき、とつぜん金田一耕助は、キッと天じょうを仰いで叫んだ。

「天じょう裏にかくれているにせの虎若虎蔵くんよ、よく聞きたまえ」

「エッ?」

と、叫んで等々力警部と日下部警部補も、おもわず天じょうをふり仰ぐ。このへやの天じょうは格天じょうになっているのだが、むろん、天じょう裏はシインとして、物音ひとつ聞こえない。

「天じょう裏にかくれているにせの虎若虎蔵くんよ、よく聞きたまえ」

と、金田一耕助はもういちどおなじことばをくりかえすと、

「日奈児くんについで、今夜月奈児くんも殺されましたよ。そして、わたし、この金田一耕助はこんやはじめてこの事件の犯人がだれであるかを知ったのです。もし、きみが事件の真相を知りたかったら、天じょう裏からおりてきたまえ」

天じょう裏からはすぐに返事は聞こえなかった。

等々力警部と日下部警部補は手に汗にぎってキッと天じょうを見守っている。

やがて、ガタリと天じょう裏で物音がしたかと思うと、

「金田一先生、それはほんとうでしょうねえ。この事件の犯人がわかったというのは……?」

と、しゃがれた男の声が聞こえてきたので、等々力警部と日下部警部補のふたりは、おもわずギョッと呼吸をのみこんだ。

「ほんとうです。東海林竜太郎さん」

「な、な、なんだって? 東海林竜太郎だって?」

等々力警部と日下部警部補は、めんくらったように叫んだが、そのとき、天じょう裏でクスクスと低い笑い声が聞こえたかと思うと、

「おそれいりました、金田一先生、よくわたしが生きていることがおわかりになりましたね。それではいまおりていきます」

そのことばもおわらぬうちに、格天じょうの中央の一部が音もなくさがってきたかと思うと、その天じょう裏の安楽いすに、ゆうぜんと腰をおろしているのは、なんと喉頭

ガンで死んだはずの東海林竜太郎ではないか。

生きている竜太郎

「金田一先生」

と、等々力警部は鋭く金田一耕助をふりかえって、

「これが東海林竜太郎氏とすると、高野博士は誤診したのですか、それとも博士もこのいかさまの共犯者だとおっしゃるのですか」

「いいえ、警部さん。高野先生はほんものの東海林竜太郎氏を知らなかったのだろうと思います。ですから喉頭ガンで瀕死の病人をここへ連れてきて、これが東海林竜太郎であるといえば、だれもそれを疑うことはできませんね。ですから高野先生はその病人を東海林竜太郎氏だとばかり信じこんで、死亡診断書を書かれたのです。東海林さん、あなたの身代わりになって死んだのは、いったいだれですか」

「はあ、あれが加納美奈子の父なんです」

「アッ!」

と、叫んで金田一耕助は、おもわず両のこぶしをにぎりしめた。こればかりはさすがの金田一耕助も予測しえなかったとみえる。

「しかし、東海林くん、きみはなんだってそんないかさまをやったのだ。それが法にも

とることだということを知っているだろうね」

「もちろん、知っています」

と、東海林はさびしそうにほほえんだが、急に怒りの色をおもてにあらわし、

「わたしは復讐してやりたかったんです。わたしの愛する部下郷田啓三を殺した人間を発見して、そいつに天罰をくわえてやりたかったのです。その人間は日奈児なり月奈児なりをねらっていたにちがいないのです。だからわたしが死んだものになり、ああいう変な遺言状を残しておくと、そいつは毒牙《どくが》をむいて、日奈児なり月奈児なりをねらうにちがいない。わたしはこの家にかくれていて、そいつの正体をあばいてやろうと思っていたのです」

金田一耕助もだいたいのことを察していたが、それにしてもこの男の思いきった行動には、りつ然とならざるをえなかった。

「しかし、東海林さん、あなたのとった行動が、日奈児くんや月奈児くんにとって、非常に危険なものになるだろうとはおかんがえになりませんでしたか」

「それはもちろん思いました」

「あなたはごじぶんのお子さんをかわいいとはお思いになりませんでしたか」

「金田一先生」

と、東海林は悲しげに首を左右にふって、

「あなたは日奈児と月奈児が、どういう子どもだったかご存じでしょうね。わたしはあ

の子たちを見るのがつらかった。ああいう子どもは生きていないほうがしあわせだと思ったのです」

「そんな、そんな……」

「いいえ、金田一先生、先生がふんがいなさるのもむりはありません。どんなに知能のおくれた子どもといえども生きていく権利があるとおっしゃるのでしょう。わたしだってそれを認めます。しかし親の身になってみると、あの子たちが成長したあかつきを想像すると、身を切られるようにつらかったのです。ああ、日奈児よ、月奈児よ。おまえたちはどうしてこの世にうまれてきたのだ。おまえたちはこの世にうまれてこないほうが、どれほどしあわせだったかわからないんだよ」

東海林竜太郎は両手でひしと顔をおおうと、男泣きに、さめざめと泣いた。指のあいだをつたって熱い涙がこぼれ落ちる。

竜太郎とて人間である。親としての愛情を人一倍もっていたのだ。いや、いや、わが子を愛し、その愛児のゆくすえを案じるがゆえにこそ、こういう非常手段をとったのであろう。

「それじゃ、東海林くん」

と、日下部警部補もりつ然として、

「立花勝哉や恩田平造、虎若虎蔵と加納美奈子は、きみのこのお芝居の共犯者なんだね」

「主任さん、あの連中を責めないでください。あの連中はずいぶんぼくをいさめたり、なだめたりしたんです。しかし、ぼくは決心をかえませんでした。ぼくはいつでも思いたったことは、さいごまでやりぬく男なんです」

東海林竜太郎はグィと肩をそびやかすと、

「それより、金田一先生、郷田啓三をはじめ日奈児を殺したのはいったいだれなんですか」

「ああ、そう」

と、金田一耕助はふりかえって、

「それじゃ、むこうへいきましょう。犯人を指摘してさしあげますから」

金田一耕助のあとについていく等々力警部と日下部警部補の顔つきも、緊張そのものであった。

完全犯罪

この事件の関係者がかん詰めにされている応接室のまえには、大きな黒めがねにマスクをかけた男がひとり、警官たちに守られて立っていた。もし、諸君がその男のめがねとマスクをとってみれば、それは上海ジムの部下の花井であることに気がつくだろう。

花井は金田一耕助の目くばせをうけると、無言のままうなずいて、一同のあとについて応接室の中へはいっていった。

応接室の中で待っていたひとびとは、金田一耕助といっしょにはいってきた東海林竜太郎の姿を見ると、まるでゆうれいにでも出会ったように驚いた。

「あっ、竜太郎？　竜太郎？　おまえは竜太郎ではないか」

降矢木一馬は死んだ子がよみがえってきたようによろこんだが、反対に五百子の顔にはサッと怒りの色がもえあがった。

「ああ、わかった。竜太郎さん、あなたはこの看護婦を愛しているのね。そして、この看護婦と結婚したいがために、じゃまになる日奈児や月奈児を殺したのね」

さすがに五百子の目は鋭かった。ずぼしをさされたのか竜太郎は、ちょっと顔を赤らめたが、すぐ金田一耕助をふりかえって、

「先生、犯人は……？　四人を殺した犯人は……？」

だが、竜太郎のことばもおわらぬうちに、とつぜん金切り声を張りあげたのは、黒めがねの花井であった。

「アッ、こいつです、こいつです。こいつが看護婦に変装して酒井圭介を殺したんです」

と、花井がおどりかかっていったのは、なんと月奈児の家庭教師の緒方一彦ではないか。

一彦は東海林竜太郎の出現に気をうばわれて、うっかり花井の存在を見落としていたのだが、それを聞くとしまったとばかりに花井をつきとばして逃げようとするところを、日下部警部補が取りおさえたかと思うと、はやその両手にはガチャリと手錠がはまって

いた。

そのとたん。

「ヒーッ」

と、いうような悲鳴が起こったかと思うと、くち木を倒すように床の上に倒れたのは、日奈児の家庭教師小坂早苗である。見るとそのくちびるのはしからあわのような血がにじんでいて、ちょっとのま、床の上をのたうちまわっていたが、やがて全身の筋肉が硬直して、その顔色は見る見るむらさき色に変色していった。

「青酸カリをのんだのですね」

「金田一先生、こ、これは……？」

等々力警部はあきれたように目を見張る。

「東海林さん」

と、金田一耕助は竜太郎をふりかえって、

「これがあなたのめいの古坂綾子さんですよ」

「はあ」

「この男、緒方一彦が酒井圭介くんを殺したのは、圭介くんがここにじぶんのいとこの古坂綾子がいることを知っていたからです。この男は東海林氏を死んだものとばかり信じていたから、東海林氏の遺産相続人をつぎつぎと殺して、古坂綾子に遺産を相続させ、その綾子と結婚して、東海林氏の莫大な遺産をじぶんのものにしようとたくらんでいたんです」

「この悪党め！　この悪党め！」

降矢木一馬が憤怒の形相ものすごく、緒方一彦におどりかかろうとするのを、警官たちがあわててうしろから抱きとめた。

「しかし、金田一先生」

と、五百子は相変わらず鋭い目を光らせて、そばからことばをはさんだ。

「あなたはそうおっしゃいますけれど、緒方さんは日奈児を殺すことはできませんよ」

「どうしてでしょうか、奥さん」

金田一耕助のくちびるにうかんでいるあざけるような微笑を見ると、五百子はムッとしたように、

「だって西翼のドアには鍵がかかっていたというじゃありませんか。どうして緒方さんはそこを抜けて、東翼へしのんでいくことができたのです」

「奥さん、それはわけのないことです。あの晩、加納美奈子さんはまず東翼へいって、みんなそろっているか調べました。そして、みんなそろっていたので安心して、東翼からこの建物へ出てきました。そして、うしろのドアに鍵をかけようとしているところへ、ぼくのアパートへどろぼうにはいったあなたが自動車でこのうちへ帰ってきました」

ギョッとしたように五百子はあおざめた。

「その瞬間、美奈子さんはハッとして、うしろのドアの鍵をかけ忘れて、裏庭のドアを

ひらいて外のようすをうかがっていた。そこをあとからつけてきた小坂早苗、すなわち古坂綾子がうしろからふろ敷をあたまからかけ、カーテンのひもで首を絞めたのです。

美奈子さんは鍵をもっていました。だから、その鍵で西翼のドアをひらいて、緒方一彦を東翼へしのびこませ、日奈児くんの首を絞めさせたのです。そして、緒方が西翼へもどると、またあとのドアに鍵をかけておきました。そのあとで、鍵を裏庭のドアのそばに落としておいて、じぶんはなにくわぬ顔をして、へやへ帰っていたのです。これで完全犯罪ができあがったというわけですね」

金田一耕助はそこまで語ると、東海林竜太郎をふりかえって、

「東海林さん」

「はあ」

「こういうことが起こったのも、すべてはあなたの思いきった行動からです。まいた種はからねばなりません。あなた、覚悟はきめていらっしゃるでしょうね」

「それはもちろんです」

と、竜太郎は男らしい顔にしぶい微笑をうかべて、

「愛する部下郷田啓三を殺した犯人が罰せられさえすれば、ぼくは何年だって服役する覚悟だったのです。美奈子さん」

「はい」

「ぼくが刑務所から出てくるまで待っていてくれるだろうね」

「はあ、何年でも……」

一同の視線に射すくめられた加納美奈子は乙女の恥じらいを見せてまっ赤であった。

片耳の男

雨中の片耳男

ひどい夕立だった。甲州のほうからはい出してきた夕立雲が、見る見るうちに武蔵野の空いっぱいにひろがったとみるや、森や林も田も畑も、一瞬にしてつつまれ、にわかにうす暗くなった野面《のづら》を、サッとイナズマがなでていく。ゴウゴウと天地をくつがえすような雷鳴――パチパチと大木がはぜるような物音は、どこか近くへ雷が落ちたのかも知れない。

「おお、こいつはひどい」

なんのお宮だったかわからない。

井之頭公園わきの、淋しいほこらの内がわへとびこんだ、医科学生の宇佐美《うさみ》慎介《しんすけ》は、ぬれねずみの肩をすくめて、おもわず天をふり仰いだ。三鷹にある友人の家へあそびにいったその帰り道、まっすぐ本郷の下宿へ帰るつもりで、吉祥寺駅へいそいでいた途中なのである。

しまったな。こんなことなら友人にカサをかりてくればよかったと、いまさら、くやんでも追っつかない。小降りになるまで待っていようと、かくごをきめた慎介が、ズブぬれになった洋服をはたいているところへ、またもや、ひとり、ほこらの中へとびこんできた者がある。その気配に慎介は、なにげなくのぞいてみたが、とたんにギョッとしたように息をのみこんだ。それも無理はない。相手のかっこうというのが、世にも異様なのである。

赤いかみしもに赤いはかま、頭にはおなじく赤いふさのついたトンガリ帽子をかぶって、おまけに顔には、みょうにおどけたお面をかぶっている。

なにしろ場合が場合だ。さすがの慎介もしばらくぼうぜんとして、口もきけなかったが、よくよくかんがえてみると、しごくなんでもないことなのである。

この男はチンドン屋さんなのだ。ドンチャカ、ドンチャカと、かねとたいこをたたきながら、奇妙な足どりで流して歩く、町の人気もののチンドン屋さん、――そう気がつくと、なあんだと慎介は胸なでおろしたが、すぐまた、オヤ、とばかりに首をかしげた。相手はまだ慎介のいることに気づかないらしいが、どうもそのようすが変なのだ。だれかを待ちうけているらしく、むこうの森かげの道へ、しじゅう気をくばっているのはよいとして、

「フフフ、さいわいの夕立だ。邪魔するものはありゃしねえ。思いきってやっちまおう」

と、すご味をふくんだひとりごと、これが慎介の耳に入ったからたまらない。

慎介はドキリとして、おもわず身をちぢめた。さいわいの夕立――邪魔するものはない――思いきってやっちまおう――どうかんがえたってあたりまえのことばではなかった。

いったいなにをしようというのだろうと、慎介がジッとようすをうかがっているとも知らぬ、怪しいチンドン屋。そのときふいに、サッと身がまえをしなおしたから、オヤ？　と慎介がむこうを見ると、いましも雨にけぶった森かげの道を、いっさんにこちらへ走ってくるのは、意外にもまだ十三、四歳のかわいい少女だ。

少女はカサをささずにズブぬれのまま、ほこらを見るとまっしぐらに走りよってきたが、そのとたん、いきなり、サッとチンドン屋が、少女のまえに立ちはだかったのである。

少女は、アッ！　と二、三歩あとずさりをする。その肩をいきなり、ムンズととらえた怪しいチンドン屋は、なにやらはや口で尋ねている。あいにくの雨の音。それにたえまなしに鳴りわたる雷鳴。――ことばは聞きとれなかったが、少女の顔には、そのとき、見る見るはげしい恐怖の表情がひろがってきた。

「いやです。いやです。そんなこと、知りません！」

少女は相手をつきとばして逃げようとする。チンドン屋はまたそれにつかみかかって、いきなり少女のふところに手をねじこんだ。

「アレェ！　だれかきて！　どろぼう！」

慎介もこれ以上、だまってはいられなかった。

「おのれ、なにをするか！」

大かつ一声、おどり出した慎介の手が、チンドン屋の腰にかかったと見るや、腕におぼえのある柔道の奥の手、相手はマリのように大地の上にはっていた。

「な、なにをしやがる」

「まだ、くるか」

クルリと起きなおったチンドン屋は、やにわに慎介めがけてとびついてきたが、その手がまだとどくかとどかぬうちに、かれのからだはまたもや、もんどりうって土をなめていた。

「どうだ、まだくる気か」

「ちくしょう！」

とうていかなわぬと見てとったか、起きなおったチンドン屋は、面の奥からすごい目で慎介をにらんでいたが、やがてクルリときびすをかえすと、おりからの大雷雨の中を一もくさんに逃げていく。そのうしろ姿を見送っていた慎介は、そのときふと、みょうなことに気がついたのだ。

そのチンドン屋は、右の耳たぼが、嚙み切られたように半分なかったのである。

「どうしたの？　どこもけがはしなかった？」

慎介が少女のほうへむきなおると、ブルブルふるえていた少女は、ペコリとおじぎをして、

「ありがとうございました。おかげさまで……」

と、年ににあわぬ、おとなびたあいさつなのだ。まだ十三か四の、いたいけな年ごろ

だったが、どこか苦労にやつれて、かんがえぶかいようすである。

「きみはいまの男を知っているの?」

「いいえ、ちっとも。——出し抜けにとび出してきて、……ああ、こわかった」

と、まだ胸のどうきがおさまらぬようすだった。

「それにしても、きみはなにかあんな男にねらわれるようなものを持っているの?」

「いいえ、あの、それは……」

少女はにわかに口ごもる。そのようすがなんとなく、わけがありそうだったが、慎介はしいては追究せず、

「ともかく気をつけたほうがいいね。きみの家どちら?」

「はい、すぐむこうの——ほら、三軒ならんでいる、あの角の家ですの」

「ああ、そう。じゃあ、ついでに送っていってあげよう。また、あいつが引き返してくるといけないからね」

「はい、ありがとうございます」

雨はどうやら小ぶりになっていた。ひとしきりあばれまわった雷も、だいぶ遠のいて、西のほうには、もう雲の切れ目さえ見えていた。慎介は少女と肩をならべて歩いていたが、思い出したように、

「ねえ、きみ、ぼくはどこかできみを見たことがあるような気がするんだが、ちがっているかしら」

「はい、あの——」

と、少女はうれしそうに慎介を見あげ、

「あたし、誠林堂《せいりんどう》につとめているものですから」

「あ、そうか、そうだったの、道理で——」

と、慎介はおもわず少女の顔を見なおした。

誠林堂というのは、本郷にある大きな本屋である。少女はそこの店員だったが、慎介がしじゅうその本屋へ行くので、少女はさっきからそれに気づいていたのだ。

「君はこんなところから、毎日本郷へかよっているの？　たいへんだねえ。家族は？」

「はい、にいさんとふたりきりなのです」

「そう、お父さんもお母さんもないの？　そしてなにをしているの？」

「ええ、あの、それは……」

と少女はいくらか口ごもったが、

「にいさんは少しかわっていますの。なんですか、あたしにはよくわかりませんけど、とてもたいせつな発明をするのだとかいって、いま夢中なんです。でも、からだが弱いものですし、それに、あたしたち貧乏なものですから……」

「ああ、なるほど、それできみがはたらいているんだね」

「ええ、五年ほどまえまでは、お金もたくさんあったんですけれど、いろいろふしあわせなことがつづいて、お父さんやお母さんはなくなるし、お金はすっかり底をつくし…

……。いいえ、あたし、じぶんの貧乏はかまいませんけど、にいさんが思うように研究できないのが、なによりも残念なのです」

と、少女はしずんだ調子でいった。いろいろの苦労のせいだろう、まだ十三、四歳の少女とは思えないほど、しっかりしたところのあるのが、慎介には、かえっていじらしかった。

「感心だね、きみの名はなんていうの?」

「鮎沢由美子《あゆざわゆみこ》といいます。ありがとうございました。ここがあたしの家ですわ」

少女が立ちどまったのは、ささやかな平屋建てで、門のそばには鮎沢俊郎《としろう》という表札がある。おそらくこれが兄の名だろう。

「あの、ちょっとおよりくださいません? にいさんからもお礼を申しあげますから」

「いいんだよ、そんなこと……。じゃあ失敬」

「あら、ちょっと待ってください。にいさん、にいさん」

由美子は格子をひらいてなかへとびこんだ。とたんに、

「アレェ!」

と、たまぎるような叫び声。

慎介は二、三歩いきかけたが、その声に驚いて、ふりかえると、これまたおもわず格子の中へとびこんだが、そこでかれもドキリとした。

あまり広からぬ家の中は、めちゃめちゃにかきまわされ、しかもその中に、由美子の

兄俊郎と思われる、病身そうな青年が、さるぐつわをはめられ、がんじがらめにしばられているではないか。

由美子は、いそいでそのさるぐつわをといた。

「にいさん、にいさん、だれがこんなことをしたの？」

「チンドン屋だ。みょうな面をかぶったチンドン屋――」

「え？　チンドン屋ですって？」

「そうだ。そいつが、毎年、きょう、ぼくたちのところへ送ってくる、あのおとぎ話の贈り物を横取りしようとやってきたのだ……」

と、いいかけて、ふと、そこにいる慎介の姿を見ると、俊郎はなぜか、ハッとことばをきった。

おとぎ話の贈り物

その翌日のこと。――慎介はふしぎでたまらない。

あの奇怪なチンドン屋は、なんのために、由美子やその兄をおそったのだろう。あの貧乏な兄妹が、特別、金目なものを持っていようとは思えない。由美子の兄の発明というのが、すでに完成しているのなら、その発明をねらっていると思えないこともないが、俊郎の話では、それはまだやっと眼鼻がついたばかりで、盗まれるほど、完全なものにはなっていないというのである。

そこで慎介は、ふと、俊郎の口ばしったことばを思い出した。

――毎年、きょう、ぼくたちのところへ送ってくる、あのおとぎ話の贈り物を横取りしにきたのだ――

俊郎はそんなことをいった。

おとぎ話の贈り物とはいったいなんだろう。毎年、きょう送ってくるといった。きのうは八月十七日だったが、すると毎年八月十七日には、なにか奇妙な贈り物が、あの兄妹のもとへ送りとどけられるのだろうか。そして、それをチンドン屋がねらっているのかしら。

どちらにしても変な話だと、慎介はきょうは朝から、この問題に頭をなやませている。きょうはさいわい日曜だから、下宿にとじこもって、さんざん頭をひねっていると、思いがけなくそこへ、由美子がたずねてきたのである。

「あたし、きょうは思いきって、あなたにご相談申しあげたいと思ってまいりましたの。え、にいさんともよく相談したんですけれど、やっぱりあなたに、お力になっていただいたほうがいいだろうと申しますので」

と、由美子はいかにも思いこんだ顔色だ。

「ほほう、どんなこと？　ぼくにできることなら、どんなことでもしてあげるよ」

「ありがとうございます。あたしの家には、それはそれはみょうなことがございますのよ」

と、そこで由美子が打ち明けた話というのは、だいたいつぎのとおりである。きのうもちょっといったとおり、由美子の家は、五、六年まえまでかなり財産家だった。

由美子の父は海運業をやっていて、『北極星』という小さいながらも、一艘の運送船を持っていた。ところが今から五年まえ、父はその『北極星』に乗りこんで、千島のほうへいったが、その帰りみち、恐ろしい暴風雨にあって、船もろとも海底のもくずと消えてしまった。

それが五年まえの八月十七日のことである。これが不幸のはじめで、母は驚きのあまり急死してしまった。おまけに、父はなにかしら大事業をたくらんでいたらしく、全財産をそれにつぎこんでいたので、父がなくなると、あとは一円も残っていなかった。こうして、にわかに孤児となった兄妹は、貧乏のどん底へたたきこまれたのである。

ところが、それから後、毎年八月十七日になると、だれからともなく、差出人不明の贈り物が、この兄妹のもとへとどくのである。

あるときにはお金だったり、あるときは高価な宝石だったり、――兄妹には、てんで、贈り主の心あたりもなかったが、それが五年間つづいたので、兄妹はそれをいっとはなしに、おとぎ話の贈り物といい、ちょうど父の命日にあたっているところから、だれか父としたしかったひとが、かげながら、じぶんたちを見守ってくれるのだろうとかんがえていた。

「なるほど。すると、きのうが、そのふしぎな贈り物のくる日だったのだね」

「ええ」

「きましたか」

「ええ、きました」

「おお、そいつをあのチンドン屋が横取りしようとしたんだな。で、盗まれてしまったの」

「いいえ、じつは――」

と由美子は呼吸をのみ、

「きのうにかぎって家のほうへはこず、あたしのつとめ先、誠林堂へ送ってまいりましたの。あたし、それを持って帰るとちゅう、あのチンドン屋におそわれたのですわ。でも、あなたのおかげで、やっと助かりましたの」

「それはよかった。で、それはお金？」

「いいえ」

「宝石？」

「いいえ、ただ一通の手紙ですの。ごらんくださいまし。あたし、どうしてよいかわからず、それで、ご相談にまいりましたの」

と由美子は一通の手紙を取り出した。

――お嬢さま、
と、そのふしぎな手紙ははじまっているのだ。

――お嬢さま、

――お嬢さまは、この手紙をごらんになりしだい、雑司ガ谷の『七星荘』へおたずねなさい。この手紙の主なるわたくしは、いまなおる見こみのない病の床にあり、あしたをも知れぬからだなのですが、死ぬまえに、ぜひともお嬢さまのまえにざんげをし、かつまた、あなたがたご兄妹におゆずりいたしたいものがございます。

きょうは八月十七日です。それがどんな日であるか、お嬢さまが、よくご存じのはずです。けっしてけっして、悪いことにはなりませんから、かならずかならずきてください。お嬢さまおひとりで心細かったら、おにいさまとごいっしょでもよろしく、もしまた、おにいさまのごつごうが悪ければ、だれか信用のできるひとを、ひとりお連れになってもかまいません。ただし、そのひとはぜったいに秘密が守れるひとであるうえに、警察とは関係のないひとであるようにねがいます。

――それではお嬢さま。

――これがいま、瀕死の床にあるわたくしの、ただ一つのたのみです。どうぞ、どうぞきてください。この手紙を『七星荘』のおもてでお見せになれば、わたくしの忠実な部下なる老人が、あなたをご案内してくれるでしょう。

『七星荘』主人より

心です。

鮎沢由美子さま

二伸、いい忘れましたが、片耳の男に気をつけてください。そいつはわたくしの生命《いのち》をもねらっているのです。いや、わたくしの生命ばかりでなく、お嬢さんたちご兄妹の生命さえねらっているのです。かならずかならず、片耳の男を見たら、ご用心が肝心です。

あまり、じょうずでない筆蹟と文章だったが、その内容の奇怪さに、さすがの慎介も、おもわずあいた口がふさがらなかった。

「片耳というのは、きのうのチンドン屋だね」

「ええ、そうですわ。だから、あたしこわくてたまりませんの。にいさんともよく相談したのですけれど、なにしろ、あのとおり病身で、とてもいけそうにありません。それであなたに……」

「よろしい、お供しましょう」

慎介はそこでキッパリというと、

「しかし、由美子さん、これをどう思う。八月十七日にみょうに縁のあるところを見れば、この事件は、なにか沈没した『北極星』と関係があるんじゃないかと思うね」

と、ズバリとずぼしをさすようにいいきったが、慎介のその想像は、みごとに的中したのだった。

　それからまもなく、雑司ガ谷へおもむいた、慎介と由美子のふたり。たずねてみると、『七星荘』というのはすぐわかった。それは庭のひろい、りっぱなお屋敷だったが、どこか陰気な、さむざむとしたところがあるのが、由美子にも慎介にも感じられた。

「このお屋敷だね」

「ええ、『七星荘』とここに書いてありますわ」

　慎介が呼びりんをおすと、出てきたのは、肩のあたりまで白髪をたれた、腰のまがった老下男だ。由美子を見ると目に涙をうかべ、

「ああ、おそかったお嬢さま。おそうございました」

　と声をふるわせていうのである。

「ええ、おそかったとは？　じいやさん、それではもはや、こちらのご主人は……」

　と、慎介もおもわず呼吸をはずませた。

「はい、どうぞこちらへおはいりなすって」

　と、老下男に案内されて通った座敷には、年輩五十がらみの、由美子の見も知らぬひとの死に顔が、ゆるやかな線香のけむりの中に眠っていた。

「お嬢さま、よくごらんくださいまし。この方こそ、毎年八月十七日に、あなたさま、ご兄妹に贈り物をさしあげた、当のご主人でございます。きのうは、どんなにかあなたさまをお待ちでございましたでしょう。臨終のきわまで、いくどもいくども、お嬢さま

の名をお呼びしていました」

　と、老下男はいまさらのように涙にくれる。

「由美子さん、きみ、このひと知っている？」

「いいえ、いっこう……」

「さようでございましょうとも、お嬢さまはご存じありますまい。でも名まえをいえば、あるいはご記憶かも存じません。このひとの名は篠原伝三《しのはらでんぞう》といって、沈没した『北極星』の一等航海士でございました」

　聞くなり由美子と慎介は、ハッと顔を見合わせたのである。

「じいやさん。その篠原氏がなんだって、毎年あんな奇妙な方法で、由美子さん兄妹に贈り物をしたのだね。また、ふたりにゆずるものというのはなんだね」

「はい、それでございます。だんなさまは昨夜、お嬢さまがお見えにならぬと知るや、わたくしにいっさいのざんげをなさいました。そして、わたくしの口から、お嬢さまに申しあげてくれとおっしゃって……」

　と、そこで老下男の語った物語というのは、世にも恐ろしい話だった。

　由美子の父が千島におもむいたには、ある重大な秘密の用件があったのだ。その秘密の用件というのは、千島にある砂金の採掘という大事業だった。しかも由美子の父はそれに成功して、莫大な砂金のふくろを手に入れ、意気ようようと『北極星』へ乗りこんだのだ。

ところがあの大暴風雨である。砂金をつんだ『北極星』は、由美子の父もろとも海底のもくずと消えたが、そのとき、『北極星』からぶじに抜け出したふたりの男がある。

それがここにいる篠原伝三と、もうひとり、火夫の山崎八郎という男。ふたりは汽船が沈む間ぎわにボートでのがれたのだが、しかも、行きがけの駄賃とばかり、砂金のふくろをしこたまボートの中に積みこんでいた。こうしてボートは幾日か漂流していたが、そのうちに砂金をはさんで、ふたりはけんかをして、篠原はとうとう山崎を、海中へつき落としてしまったのだ。

その後、篠原はぶじに助かることができ、砂金のいくらかをさいて、ここに居をかまえたが、良心の呵責にたえられぬところから、毎年八月十七日、あの『北極星』の沈んだ日になると、由美子兄妹に秘密に贈り物をしていたのである。

ところが近ごろになって、恐ろしいことが起こった。海へはいって死んだとばかり思っていた山崎が、生きていたばかりか、ついに篠原の居所をつきとめ、砂金の半分をよこせとせまる。しかし、いまはすっかり悔いあらためた篠原は、この砂金は、とうぜん由美子兄妹のものになるのだから、断じて渡すことはならぬと、砂金をどこかへかくしてしまったのである。

「ちょっと待ってください。その山崎というのは、ひょっとすると、片耳のつぶれた男じゃありませんか」

「ええ、あ、そ、そうです」

老下男はなぜかギョッとしたように、頭に手をやったが、すぐことばをついで、

「で、いまも申しましたように、だんなさまは、砂金をどこかへおかくしになったまま、そのあり場所をいわずに、とうとうおなくなりになりましたので、……まことにお気のどくでございました」

慎介はふいにニンマリと笑った。

「ときに、じいやさん、この家はどうして『七星荘』という名がついているんだね」

「はい。それはお庭に、七つの天女の像がございます。その天女さまは、ひたいに星をいただいているので、きっと星の女神さまでしょう。だんなさまがわざわざおつくらせになったのですが、『七星荘』とはそれからおとりになったので……」

「よろしい、その庭を見せていただこう」

慎介は由美子といっしょに、じいやのあとについて庭へ出たが、なるほど、広い庭のあちこちに、七人の天女像が立っている。しばらくそのあいだを歩きまわっていた慎介、なにを思ったのか、目をかがやかせて由美子にむかうと、

「由美子さん。きみ、この七つの天女の位置について、なにか思いあたりはしないか。ほら、この天女の位置は、ちょうど、北斗七星と同じように、ひしゃくの柄を立てた形になっているんじゃないかな」

「まあ、そういえばそうね」

「ところで、小学校の理科の教科書にもあるが、北斗七星の下のはしにあたる二つの星を結んで、その線を右へ延長して、二つの星の距離の約五倍の位置のところをさがすと、そこにいったい、なにがあると思う？」

「ああ、わかりました。北極星ですわ」

と由美子はおもわず息をはずませる。

「そう、そのとおり！　で、この二つの天女像を結んで、その線を五倍だけ延長したところに、ほら、あのサクラの木だ。あのサクラの根もとにこそ、汽船『北極星』から持ち出した砂金がうずめてあるんだ！」

いいもおわらず、ヒラリとうしろへふりかえった慎介。おりから、キッと身がまえていた老下男におどりかかると、いきなりそれを大地に投げつけ、上からムンズと馬乗りになった。

「あ、宇佐美さん、なにをなさいますの」

「ハハハハ、由美子さん。きみにはこいつの正体がわからなかったかね。ほら、この男こそ、きのうのチンドン屋、つまり山崎八郎、片耳の男さ」

と、肩までたれた頭髪に指をつっこみ、グイとそれをひっぱれば、アッ、かつらだった。かつらがスポンと抜けたと見るや、そこにはまぎれもなき、くいちぎられたあの片耳！

「こいつはね。あの手紙の中に砂金のありかが書いてありはしないかと、きのう、きみや、きみのにいさんをおそったが、まんまと失敗したので、ここへとってかえし、篠原を責めて問いつめているうちに、とうとう相手が死んでしまったのだろう。それで、家じゅう探してみたが、砂金のありかがわからないので、こんどは老下男に化けて、あなたのくるのを待っていたんですよ。ひょっとすると、篠原があなたに、手紙の中でそのありかを打ち明けていないかと思ってね。ぼくはさっき、こいつが、みょうに、右の耳のあたりを気にしているのを見て、すぐ正体を見やぶったんです。しかし、こいつもずいぶんばかなやつさ。船乗りをしていたくせに、北斗七星と北極星の秘密がわからなかったなんてね。ハハハハ！」

慎介は、歯をくいしばって悔しがる悪党の山崎を、しっかり取りおさえたまま、愉快そうに笑ったのである。

砂金ははたして、サクラの根もとにあった。

それはとうぜん、由美子の兄、俊郎のものであったから、今やかれは、なんの不自由もなく研究をつづけている。

そして、その研究の内容は秘密にされていたが、なんでも非常にだいじなもので、いまや完成も近いとか。

それを、なにびとよりもよろこんでいるのは、いわずと知れた妹の由美子と、そして、新しき親友、宇佐美慎介のふたりなのである。

動かぬ時計

〈あたしの時計、あたしのかわいい時計さん、あなたいまなにをかんがえているの？なにもかんがえないで、ただコチコチとひとりごとをいってるの〉

眉子《まゆこ》は、ソッとかわいい時計にほおずりをした。

うす紫とバラ色の細いリボンをつけた金の時計は、貧しい電話係の少女の持ち物としては、すこし不似合いなものであった。だから眉子はなるべくひとに見せないように、いつもふところの奥深く、その時計をしまいこんでいた。

時計はいつも、彼女の心臓の上で、コチコチ、コチコチと、なにか話しかけるようにささやいている。そして貧しい電話係の少女は、いつも幸福だった。

眉子は中学校を出るとまもなく、父の六造が勤めている会社の、電話係として通勤することになった。彼女の父は、長いことその会社で小使いとして働いてきたのだった。

その父の腰にぶらさがるようにして、眉子は毎朝たのしい会社がよいをする。お天気のいい、あたたかい日など、父の六造は、眉子のために、わざわざ丘を越えてまわりみちをしたりした。

丘の上には、ベニガラ色の屋根をもった洋館だの、いきなかっこうのアトリエなどが並んでいる。

眉子はそこのダラダラ坂を一息でかけ登りたいと思った。しかし、およそ百メートル程もある、かなり勾配《こうばい》のきゅうな坂は、十四歳の少女にはとてもだめだった。彼女は毎朝、一息でかけ登れたところに目じるしをつけておいた。

「明日はもう少し上までかけ登ってよ、お父さん」

眉子はハアハア息をはずませながら、後からエッチラ、オッチラ登ってくる父をかえりみてそう言った。六造はしわの深い顔のそうごうをくずしながら笑っていた。


五月になった。

丘の上には、毎朝ビロウドのように草がぬれていた。空気がガラスのように光った。

眉子と父とは、丘のはずれの、町が一目に見渡せるところに腰をおろした。父は父で、バットの一本に火をつけるし、眉子は眉子で、元気に歌をうたったり、白い小さい花を探したりした。

「眉子や、その黄色い、光った花は毒だから手でさわっちゃいけないよ」

ときどき父の六造が、そばからそういって注意した。かれのはき出す紫色の煙が、海草のように揺れながら、丘のむこうへ消えていった。

ある日眉子は、その煙のゆくえを見守りながら、珍しく父のそばに腰をおろしていた。

「眉子や、きょうは花をつまないの」

六造がふしぎそうに彼女のほうをふりかえった。

眉子はそれに答えなかった。なにかしら楽しいことを胸に秘めているように、ときどきソッとうつむいてほほえんだりした。

白いチョウチョと紅いチョウチョが、もつれるように彼女の目の前を横ぎっていった。

やがて六造が一本のタバコを吸いおわるころ、眉子はやっと口をきった。

「お父さん」

そういって、彼女はもう一度ツバをのみこんだ。

「明日は何日か知ってて？」

おや——というふうに、父の六造は彼女の顔を見た。

〈いつの間にこんな口のききようをするようになったのかしら〉

「明日は五月の十五日よ」

「…………」

「ほら、いつもあれの来る日よ」

とつぜん六造は不機嫌な顔をして、眉子から目をそらせた。

五月十五日。眉子にいわれるまでもなく、六造はこのあいだからそれを意識していた。

ただ、眉子がその日を、どんな心持ちでみているか、それがかれには心配の種だった。

〈眉子もだんだん大きくなってゆく。いつまでも気がつかずにはおくまい。今のうちになんとかしなきゃあ〉

「眉子や、もうそろそろ出かけることにしようぜ。あんまりおそくなるといけないからね」

しばらくだまっていた後、とつぜん父はそういって腰をあげた。

「ええ」

眉子はガッカリしたように、フジ色の弁当づつみを取りあげた。父が彼女と同じように、その日をよろこんでくれないのがものたりなかった。眉子はせっかくの希望が、根こそぎ持ってゆかれたような気がした。

〈もとはあんな父ではなかったのに、その日をじぶんといっしょに、どんなにかよろこんでくれたか〉

父と眉子とは、思い思いにおしだまったまま、丘を向こうへ越していった。

眉子には母がなかった。亡くなったのか、それとも遠い所へいってしまったのか、物心ついてから、眉子はついぞ母の記憶を持たなかった。

父の六造に聞いて見ても、それが母のことだと、いつもかれはことばをにごしてしまうのだった。

〈変だわ、わたしにはお母さんがいないんだもの〉

〈そんなことをいうもんじゃないよ、眉子。それともおまえは、このお父さんひとりじゃ不足だというのかい〉

〈そんなことはないけれど……〉

二、三年前までの眉子は、ときどき、そんなことをいって父を困らせた。しかしいつとはなしに、彼女は、母のことをいうのはいけないことだと思うようになった。

〈お母さんのことをいえば、お父さんが困る〉

わけがわからないなりに彼女はそうきめていた。それ以来、ついぞ彼女は、それを口にしなくなった。

その眉子が、はじめて小学校へあがるようになった年の五月十五日のことだった。彼女のところへ、どこからともなく優しい贈り物がとどいた。ひらいてみるとそれは、きれいな桐の箱にはいったクレオンだった。

それが毎年同じ日に彼女のもとへとどけられる、ふしぎな贈り物のさいしょだった。もっともそれまでにもあったのかもしれないけれど、彼女の記憶では、それがはじめてだった。

それ以来一年もかかすことなしに、その贈り物はつづいてきた。ときには、誰からともわからない贈り物をだまって、もらっておいていいのかしらと思ったりした。しかし、父の六造はいつも、

「せっかくのおこころざしだからいただいておきな、めったに粗末にしちゃいけないぞ」

と言った。

そういわれて眉子は、はじめて安心するのだった。

ときどき眉子は、そのひとに礼状を出したいと思うことがあった。どんな優しいひとだろうとひとりでかんがえふけることもあった。すると、いつも、所も名まえも書いてないその小包が、いっそううらめしくさえなって来るのであった。

眉子が丘の上で、その話をしかけた翌日の朝、はたして彼女が待ちこがれていた贈り物がとどいた。

「山野さん、小包」

と、いう威勢のいい声を聞いたとき、眉子は台所で朝の支度をしていた。彼女はハッとして奥の間のほうへ目をやった。

父の六造がエヘンとせきばらいをする声が聞こえた。それはいつもかれが不機嫌なときにするくせだったので、眉子はどうしようかと思った。

「山野さん、小包ですよ」

郵便屋さんがおこったようにいった。

「眉子や、小包がきたよ」

眉子は父親の声を聞いて、しかたなしに、しかし、いそいそと、前かけでぬれた手をふきながら表の方へ出た。

小包はいつものと違って、ずっと小さかった。何がはいっているのだろう――？　彼女は小さな胸をとどろかせながら、父のもとへそれを持っていった。

「あけて見な」

父の六造は、なるべくそのほうを見ないようにしながら、そういった。

眉子は父の顔色をうかがいながら、小さいハサミで麻のヒモを切った。

油紙をのけると、中には新聞紙でいくつにも、いくつにもくるんだものが出てきた。

それは毎年味わう経験であったけれど、その新聞を一枚一枚ひらいてゆくときの心持ちこそ、眉子にとっては一番うれしいときであった。

「何だかいやに小さいものだな」

いつのまにやら、父もそのほうに心を取られていたらしく、眉子のひらくのをさももどかしそうにいった。

「そうね、お父さん。なんでしょうね」

父の機嫌がなおったらしいのを、眉子はうれしく思いながら、いそいそと包みをひらいていった。新聞紙をみんなのけてしまうと、中からは、紫色のビロウドの小さい箱が出てきた。眉子と父はおもわず顔を見合わせた。

「お父さん、時計よ！」

その箱をひらいて見たとき、眉子はおもわず歓喜の声をあげた。

「どれ、どれ」

父親もにじりよってのぞきこんだ。

「ほう、りっぱなものだな、金時計じゃないか」

金時計！　眉子の父にとっては、生涯持つことはおろか、夢みることさえできないものにちがいなかった。かれはぼんやりとしたように、すべすべとした、金柑色《きんかんいろ》のその時計を見ていたが、やがて思い出したように、じぶんの時計をさぐり出すと、それにならべてみた。それはそれは古い大型の、見るからにみにくい時計だった。

「まるで、俺とおまえみたいなちがいだな」

何げなく父はそういった。そのことばを聞くと、いままで時計に見とれていた眉子は、急に泣けそうな気がしてきた。

「お父さん、あたしこの時計を持たないわ」

「どうして？」

父はふしぎそうに、眉子の顔をのぞきこんだ。

「だって、だって……」

そういっているうちに、いつのまにやら眉子は泣けてきた。父親にはすぐにその心持ちがわかった。

「そんなことをいうもんじゃないよ。他人さまがせっかく贈ってくださったものだ、大事に持っていな」

それだけいうと、かれはクルリと向こうをむいてしまった。

眉子はその時計に、うす紫とばら色のリボンをつけた、それがまた、ひどくその時計に似合っていた。

〈いったい、いくらぐらいするのかしら〉

眉子はときどきそう思った。きっと安いものじゃないわ。金時計だもの。小学校にいたとき、一番お金持ちの久原さんはやっぱり時計を持っていたけれど、でも、金時計じゃなかったわ。あんなお金持ちだって持たないんだもの、きっときっと高いものにちがいないわ——。

しかし眉子は、値段などとは関係なしに、その時計が好きだった。金柑色の、つやのいい膚、黒曜石のように黒い二本の針、それに数字を赤で書いてあるのまでが彼女の気にいっていた。ネジを巻くと、ジイ、ジイと気持ちのいい音をたてる。そしてどんなときでも休むことなしに、コチコチとひとり言をいっている時計——。

〈時計さん、かわいい、いきな時計さん。なんてまあ、あなたにはこのリボンがよく似あうんでしょうね〉

眉子は一時もその時計をはなさなかった。家にいるときも、会社に出る時も、そして寝るときさえも、その時計を膚身につけていた。

「眉子や、おまえそんなに時計にばかり気をとられていて、お勤めのほうをお留守にしちゃいけないぞ」

ときどき、父の六造がそんなことをいった。

「大丈夫よ。お父さん」

眉子は元気に答えた。

彼女はいつも快活で、ハキハキしていたから、勤め先ではみんなからかわいがられていた。

それにその時計がふところの中で、コチコチといっていると、いっそう彼女は仕事に精が出せるように思えた。

そうしているうちに八月がきた。

暑い暑い八月だった。お金にくったくのないひとたちは、誰もかも避暑に出かけていった。

しかし、眉子と父の六造だけは、相変わらず手をたずさえて丘の道を通った。

丘の上には月見草が露にぬれて咲きほこっていた。

眉子には海水浴も、登山も、旅行も、少しもうらやましいとは思えなかった。彼女にはただ、かわいい、かわいい時計さえあればよかった。

ある晩眉子は、寝床にはいってから、いつものように時計のネジを巻いていた。するとどうしたはずみからか、ふいに時計が動かなくなった。

彼女はハッと思ったがすでにおそかった。ネジを巻きすぎた時計は、物にすねた子どものように、彼女がどんなにすかしてもなだめても、二度と動き出そうとはしなかった。

〈時計さん、どうしたの、おこったの、あたしがあんまりひどいことをしたので、あなたおこってしまったの。かんにんしてちょうだいな。ね、ね、あたしがあやまるから、

もう一度、機嫌をなおしてちょうだいな〉

しかし、一度狂った時計は、彼女のどんな願いをも聞こうとはしないで、オシのようにおしだまっていた。

眉子はうろたえて途方にくれた。

どうしたら時計がきげんをなおしてくれるだろう――彼女は寝床の上に起きあがると、ネジをもどそうとしてみたり、ふってみたりした。

しかし何もかもだめだった。彼女は泣けそうな気がしてきた。そのとき、ふと眉子は、いつか父が時計の裏側のフタをひらいていたことがあるのを思い出した。

「お父さん、どうしてそっちのほうのフタをひらくの？」

と眉子が尋ねると、

「狂ったもんだからね、修繕しようと思っているんだよ」

と父がいったのを思い出した。

こっちの方のフタをひらくとなおるのかしら。しかし眉子には何かそれが恐ろしかった。こわしてしまいはしないかと思った。

でも彼女はそうするよりほかにしようがなかった。彼女は机の引き出しから小さいナイフを取り出すと、そっと裏ブタのすきまへあてがった。恐ろしくて手がブルブルとふるえた。

やがて彼女が思いきって、ナイフをにぎった指先に力を入れると、パチッと金属性の音をたて、いきおいよく裏ブタがはねかえった。

そのはずみに、フタの裏側をのぞきこんだ眉子は、ハッと息をうちへ引いた。

浅いくぼみをなしたその裏側には、見知らぬ婦人の写真がはりつけてあるのだった。

小さい眉子には、はっきり見当はつかなかったけれど、およそ三十五、六歳とも思われる、上品な顔立ちの髪をうしろでたばねた女のひとだった。ジッとある一点を見つめた切れの長い目は、思いなしか、深い悲しみをたたえているようで、見ていると、知らず知らずひきずりこまれるような気がした。

〈どなたの写真だろう?〉

むろん眉子にはわからなかった。いままでについぞ見たことのない女《ひと》だった。

〈いつも優しい贈り物をくださるのは、この方じゃないかしら〉

眉子はふとそう思った。

彼女はしばらく、あかずその写真に眺めいっていた。

すると、いまふとかんがえたことが、だんだんまちがいのないことのように思われてくるのだった。

〈そうだわ、きっとそうだわ。この方が、いつもあの優しい贈り物をくださる方にちがいないわ〉

その夜、こわれた時計を、ヒシと胸にいだいて寝た眉子は、つづけざまにいろんな夢をみた。

――広いひろい野原だった。まっ黄色な菜の花ばたけの中を、白い小道がどこまでもどこまでもつづいていた。その小道の上を、眉子は写真の主の女のひとと、手をつないで歩いていた。どこからきたのか、そしてどこへ行くつもりで歩いているのか、眉子には少しもわからなかった。

しかし彼女は、そんなことを別にふしぎとも思わないで、ただひたすらに歩いていた。小さい眉子は、ときどき足がだるくなって、ともすれば女のひとよりおくれそうになった。すると連れの女のひとは、立ちどまって彼女の方をふりかえるのだったが、その目はいかにも悲しそうであった。

風がナマリのように沈んで、物音といったら何一つ聞こえなかった。その広いひろい景色の中で、動いているものといったら、眉子と、その女のひとのふたりだけだった。しかもふたりとも、さっきからオシのように一言も口をきかなかった。

やがて眉子の足は、だんだん重くなってきた。それだのに、連れの女のひとは、そんなことにはいっこうにかまわないで、かえって足を速めてゆくのだった。

とうとう眉子は、歩く元気を失ってしまった。すると二、三十メートル先に立っていた女のひとは、世にも悲しげな顔をして彼女の方をジッと見ていたが、やがてきびすをかえすと、スタスタと向こうのほうへいってしまった――。

目がさめたとき眉子は、レースのくくり枕が、ジトジトに濡れているのに気がついた。二、三日眉子は、その夢が気になってしかたがなかった。

彼女は父にたのんで、こわれた時計を修繕してもらおうかと思ったが、そうすると時計の裏の秘密が知られるように思えたのでだまっていた。彼女は誰にも知らせずに、ただひとりでその秘密を自分のものにしていたかった。それはうれしいことではなく、反対に悲しい悲しいことだったけれども。

ある日、彼女の会社はひどくひまだった。

彼女はたいくつなあまり、誰かがおいていった新聞のつづりこみをひろい読みしていた。

そのとき彼女は、思わず心臓の冷たくなるようなものをそこに発見した。

時計の裏にはりつけてあった写真。あれと同じ写真が、そこに出ているのだった。深い悲しみをたたえた切れ長な目、優しく結んだくちびる、うしろにたばねたやわらかそうな髪の毛、まちがいなく眉子の持っている写真と、おなじ女のひとの写真だった。

眉子は息をはずませながら、そこに出ている記事を読んだ。それによると、その女のひとの名は深見八重子《ふかみやえこ》といって、有名な金持ちの奥さまだった。そして彼女は昨夜、彼女がのっていた自動車が、あやまって外濠の中に転落したため、思いがけない事故死をとげたというのだった。

昨夜――？　昨夜――？

眉子は大急ぎで、その新聞の日付を読んだ。するとはたして、自動車の転落したというのは、眉子の時計がこわれたと同じ日であった。思いなしか眉子には、時刻まで同じであるように思えた。

〈やっぱりそうだったのだわ。やっぱり悪いしらせだったのだわ〉

眉子は目がくらみそうだった。胸の中にポカンと大きな穴があいたような気がした。そしてそこから熱い涙がとめどなくあふれ出るのだった。

それ以来、眉子の時計は二度とうごかなかった。

解説

山村正夫

横溝正史先生といえば、その代名詞のようにあまりにも有名なのが、名探偵金田一耕助である。日本の名探偵の数は多いが、ミステリー・ファンはもちろんのこと、そうでなくともいまやこの名前を知らぬ人は、まずいないのではなかろうか。

ご存知の通り金田一耕助は、決してさっそうとしたいわゆるカッコいいタイプではない。

身長は一メートル六十センチあるかないかの小柄な体格で、髪の毛は雀の巣のようにモジャモジャだ。しかも着ているものといったら、しわだらけのカスリの着物に羽おり、はかまもよれよれで、ひだがわからぬほどたるんでしまっている。足には破れたタビをはき、チビた下駄《げた》をつっかけて歩く。ソフトをかぶることもあるが、むろん形のつぶれたぺしゃんこのおかま帽である。

何ともパッとしないふうさいだが、サエないのは外見ばかりではない。こうふんするとおそろしくどもるくせがあり、モジャモジャの髪の毛を指でひっかきまわして、なおいっそうモジャモジャにして、あたり一面にフケが飛ぶのもかまわないのだ。それでいて会う人に人なつこい印象を与え、それがかれの何ともいえないみりょくの一つになっている。そして、金田一がそのようなくせを発揮するときは、きまって事件解明の何らかの糸口がひらめいたときといっていい。

横溝ファンの読者はすでに読まれたことと思うが、「本陣殺人事件」や「獄門島」「八つ墓村」あるいは「悪魔が来りて笛を吹く」「悪魔の手毬唄《てまり》」など数多くの怪事件を解決して、金田一耕助の名声はいちやく天下に知られるにいたった。

この「迷宮の扉」もその金田一耕助の活躍する探偵シリーズの一編として、横溝先生が書かれた長編である。中学生雑誌に連載されたものなので、同じ怪奇探偵小説でもほかの小学生向きのジュニア物とくらべると、小説の作り方が違っている。おどろおどろした怪人は登場せず、そのかわり、ぶきみなムードにつつまれた事件の謎解きに重点が置かれていて、本格推理小説としてのガッチリとした構成がとられているのだ。

その意味では、先生の一連の大人物と肩を並べる、読みごたえのある作品といいうるだろう。

三浦半島のでっぱな、城が島の燈台からほど遠からぬところに、竜神館という奇怪な建物がたっているが、大暴風の夜、たまたまバスに乗りおくれて、一夜の宿を借りに立ち寄ったのが金田一耕助だった。

竜神館の主人は、東海林日奈児《しょうじひなこ》という十四、五の少年で、ほかに降矢木一馬《ふりやぎかずま》という日奈児の伯父《おじ》にあたる後見役の老人と家庭教師の小坂早苗、それにお手伝いがわりの杢衛《もくえ》というじいやの三人が住んでいる。

その日は日奈児の誕生日だったが、竜神館では毎年きまって、奇妙なセレモニーが行われるならわしになっていた。行方《ゆくえ》をくらましている日奈児の父親の使いが、どこからともなく訪ねてきて、バースデー・ケーキにナイフを入れぬかぎりは、お祝いをはじめることができないのだ。

ところが、金田一耕助より一足おくれてやってきたその使いの男が何ものかに射殺され、かれが身につけていた紙入れからは、なぜかまっ二つに切断されたトランプのジャックの断片が発見された。また、外から帰ってきた飼犬の隼《はやぶさ》も、ピストルで射たれて虫の息で、その口には海のようなコバルト色をした人間の髪の毛をくわえていた。

このように、金田一耕助は物語の最初から、異様な事件に巻きこまれてしまうのである。

横溝先生の作品はどれもがそうだが、発端の異常な出来事がまず読者の関心をひきつけずにはおかない。それに、小道具の使い方に先生ならではの工夫がこらされているのも特色の一つだ。本書でいえば、トランプの断片とコバルト色の髪の毛がそれに当り、その謎の不可思議さにゾクゾクとさせられて、読者はさぞかし先を読まずにはいられなかったことだろう。

金田一耕助は降矢木老人の口から、日奈児にまつわる秘密を明かされる。日奈児はシャム兄弟の片われだった。

シャム兄弟というのは物語の中でも説明されている通り、からだがくっつき合って生まれたふたごのことである。五つ児の誕生は最近のトピックスだったが、シャム兄弟が生まれたという話は、この頃ではまったく聞かない。医学的にはそれほど珍しい例で、内臓が共通している場合は手術ができないが、日奈児は胴体がくっついていただけだったので、切りはなすことに成功したのだった。

その日奈児のもう一方の片われが、月奈児《つきなこ》という少年である。月奈児は日奈児と別れて、別な場所で暮している。もと軍人だった兄弟の父親は、戦後ヤミ商売で大もうけをしてばくだいな財産家になったが、戦時中マレーのコバルト鉱山で鉱夫たちにひどい仕打ちをしたせいで、復讐団から脅迫されており、そのため身をくらましたばかりか、兄弟の身を案じて別々に暮させるようにしたのである。

月奈児の方は降矢木一馬の妻の五百子《いおこ》が別居して面倒を見ているが、この夫婦は仲が悪く、たがいに憎み合い、おのおの面倒を見ている子供をひいきして張り合っている間柄だった。

降矢木老人から月奈児の住まいを聞き出して、そこを訪ねた金田一耕助は、思わず目を見はる。それもそのはず、月奈児の家は東京湾をはさんで三浦半島の反対側、房総半島のとっつきにある洲崎燈台のそばの海神館で、これが館《やかた》の正面の海神のかざりつけまで、竜神館とそっくり同じという建物だったからだ。

しかもこちらには、五百子のほかに家庭教師の緒方一彦、家政婦の山本安江がいて、これも日奈児の側と共通しているといっていい。

シャム兄弟。三浦、房総両半島の突端に向い合って位置した、竜神館と海神館というウリ二つの建物。その上、同様なグループ構成。こうした何から何まで対称的な設定が、いかにも横溝先生の作品らしいこった趣向で、それがこの物語のぶきみさを一段と高めており、その中からいったいどんな新しい事件が起こるかという期待を、読者にいやでも抱かせずにはおかない。

海神館の焼失後、二つの館から二組のグループがそろって姿を消したことから事件は一転する。

これまでの数々の事件で名コンビを組んだ警視庁の等々力警部の協力で、金田一耕助がつきとめたそれらのグループの行き先は、双玉荘というこれまた一風変った建物だった。バンガロー風の中央の平家《ひらや》の両翼に、そっくり同じ形をした二階建の洋館がつながり、そこに二組のグループが同居していたのである。中央の平家には、喉頭《こうとう》ガンのために病床にふした兄弟の父親の竜太郎と、彼の部下の立花勝哉、執事の恩田平造、看護婦の加納美奈子、使用人でサルのような小男の虎若虎蔵の五人が住んでいた。

それから一週間ほどたって竜太郎が死亡し、その遺言状《ゆいごん》が立花の手で公開されたが、それをきっかけに、日奈児、月奈児の兄弟があいついで、何者かに殺されてしまう。竜太郎が残したばくだいな遺産をめぐっての連続殺人であることはいうまでもなく、これまで挙《あ》げた登場人物の中に、その犯人がひそんでいたのである。

それははたして、たがいに憎み合っている二組のグループの中の誰かだったのか？　それとも、かれら以外の何ものかのしわざか？　読者はその犯人を、金田一耕助よりも先に見破ることができただろうか？

本書の結末には予想外のドンデン返しが用意してあるが、それだけではない。金田一耕助が明らかにした真犯人の名前も、思いがけない人間だった。彼が事件の関係者一同を双玉荘の応接間に集めて、犯人を指摘するクライマックスの場面には、読者もさぞかし胸をドキドキさせて、息づまる思いがしたことだろう。

横溝先生が本格推理のねらいで本書を書かれたことははじめにも記したが、そうした犯人探しの興味が物語の後半の最大のハイライトで、サスペンスを最高潮に盛り上げていることはいうまでもない。それにしても、建物の扉のカギのトリックを難なく見抜き、犯人の完全犯罪をくつがえした名探偵金田一耕助の推理力はバツグンにすばらしく、読者は謎解きのだいご味を、たっぷりと味わうことができたはずである。

巻末にそえた「片耳の男」と「動かぬ時計」は、横溝先生が連載長編の合間に少年少女雑誌に執筆されたジュニア物の短編である。二編とも主人公のもとへどこからともなくとどく、謎の贈り物にまつわる話だが、「片耳の男」は砂金のかくし場所と悪人の正体の意外性が、また「動かぬ時計」の方は、父親と二人暮しをしている少女の母親への思慕に、時計の神秘性をからませたロマンチックなムードが、それぞれ見どころになっている。

「迷宮の扉」のような本格味はないが、どちらも短編ならではの面白さをそなえた楽しい作品といい得るのではないだろうか。

本書は、昭和五十四年七月に小社より刊行した文庫を改版したものです。なお本文中には、気ちがい、せむし、小使い、オシなど今日の人権擁護の見地に照らして使うべきではない語句や、容姿、病気に対して不適切と思われる表現があります。また、てんかんに関して現在の医療知識の観点から不適切と思われる表現があります。しかしながら、作品全体を通じて、差別を助長する意図はなく、執筆当時の時代背景や社会世相、また著者が故人であることを考慮の上、原文のままとしました。

（編集部）

迷宮《めいきゅう》の扉《とびら》

横溝正史《よこみぞせいし》

昭和54年 7月20日　初版発行
令和4年 7月25日　改版初版発行

発行者●堀内大示

発行●株式会社KADOKAWA
〒102-8177　東京都千代田区富士見2-13-3
電話　0570-002-301（ナビダイヤル）

角川文庫 23252

印刷所●株式会社暁印刷
製本所●本間製本株式会社

表紙画●和田三造

●お問い合わせ
https://www.kadokawa.co.jp/（「お問い合わせ」へお進みください）
※内容によっては、お答えできない場合があります。
※サポートは日本国内のみとさせていただきます。
※Japanese text only

ISBN 978-4-04-112612-7　C0193

◇◇◇

角川文庫発刊に際して

角　川　源　義

第二次世界大戦の敗北は、軍事力の敗北であった以上に、私たちの若い文化力の敗退であった。私たちの文化が戦争に対して如何に無力であり、単なるあだ花に過ぎなかったかを、私たちは身を以て体験し痛感した。西洋近代文化の摂取にとって、明治以後八十年の歳月は決して短かすぎたとは言えない。にもかかわらず、近代文化の伝統を確立し、自由な批判と柔軟な良識に富む文化層として自らを形成することに私たちは失敗して来た。そしてこれは、各層への文化の普及滲透を任務とする出版人の責任でもあった。

一九四五年以来、私たちは再び振出しに戻り、第一歩から踏み出すことを余儀なくされた。これは大きな不幸ではあるが、反面、これまでの混沌・未熟・歪曲の中にあった我が国の文化に秩序と確たる基礎を齎らすためには絶好の機会でもある。角川書店は、このような祖国の文化的危機にあたり、微力をも顧みず再建の礎石たるべき抱負と決意とをもって出発したが、ここに創立以来の念願を果すべく角川文庫を発刊する。これまで刊行されたあらゆる全集叢書文庫類の長所と短所とを検討し、古今東西の不朽の典籍を、良心的編集のもとに、廉価に、そして書架にふさわしい美本として、多くのひとびとに提供しようとする。しかし私たちは徒らに百科全書的な知識のジレッタントを作ることを目的とせず、あくまで祖国の文化に秩序と再建への道を示し、この文庫を角川書店の栄ある事業として、今後永久に継続発展せしめ、学芸と教養との殿堂として大成せんことを期したい。多くの読書子の愛情ある忠言と支持とによって、この希望と抱負とを完遂せしめられんことを願う。

一九四九年五月三日

角川文庫ベストセラー

金田一耕助ファイル1
八つ墓村
横溝正史

鳥取と岡山の県境の村、かつて戦国の頃、三千両を携えた八人の武士がこの村に落ちのびた。欲に目が眩んだ村人たちは八人を惨殺。以来この村は八つ墓村と呼ばれ、怪異があいついだ……。

金田一耕助ファイル2
本陣殺人事件
横溝正史

一柳家の当主賢蔵の婚礼を終えた深夜、人々は悲鳴と琴の音を聞いた。新床に血まみれの新郎新婦。枕元には、家宝の名琴〝おしどり〟が……。密室トリックに挑み、第一回探偵作家クラブ賞を受賞した名作。

金田一耕助ファイル3
獄門島
横溝正史

瀬戸内海に浮かぶ獄門島。南北朝の時代、海賊が基地としていたこの島に、悪夢のような連続殺人事件が起こった。金田一耕助に託された遺言が及ぼす波紋とは？　芭蕉の俳句が殺人を暗示する⁉

金田一耕助ファイル4
悪魔が来りて笛を吹く
横溝正史

毒殺事件の容疑者椿元子爵が失踪して以来、椿家に次々と惨劇が起こる。自殺他殺を交え七人の命が奪われた。悪魔の吹く嫋々たるフルートの音色を背景に、妖異な雰囲気とサスペンス！

金田一耕助ファイル5
犬神家の一族
横溝正史

信州財界一の巨頭、犬神財閥の創始者犬神佐兵衛は、血で血を洗う葛藤を予期したかのような条件を課した遺言状を残して他界した。血の系譜をめぐるスリルとサスペンスにみちた長編推理。

角川文庫ベストセラー

人面瘡
金田一耕助ファイル6
横溝正史

「わたしは、妹を二度殺しました」。金田一耕助が夜半遭遇した夢遊病の女性が、奇怪な遺書を残して自殺を企てた。妹の呪いによって、彼女の腋の下には人面瘡が現れたというのだが……表題他、四編収録。

夜歩く
金田一耕助ファイル7
横溝正史

古神家の令嬢八千代に舞い込んだ「我、近く汝のもとに赴きて結婚せん」という奇妙な手紙と佝僂の写真は陰惨な殺人事件の発端であった。卓抜なトリックで推理小説の限界に挑んだ力作。

迷路荘の惨劇
金田一耕助ファイル8
横溝正史

複雑怪奇な設計のために迷路荘と呼ばれる豪邸を建てた明治の元勲古館伯爵の孫が何者かに殺された。事件解明に乗り出した金田一耕助。二十年前に起きた因縁の血の惨劇とは？

女王蜂
金田一耕助ファイル9
横溝正史

絶世の美女、源頼朝の後裔と称する大道寺智子が伊豆沖の小島……月琴島から、東京の父のもとにひきとられた十八歳の誕生日以来、男達が次々と殺される！開かずの間の秘密とは……？

幽霊男
金田一耕助ファイル10
横溝正史

湯を真っ赤に染めて死んでいる全裸の女。ブームに乗って大いに繁盛する、いかがわしいヌードクラブの三人の女が次々に惨殺された。それも金田一耕助や等々力警部の眼前で――！

角川文庫ベストセラー

金田一耕助ファイル11
首
横溝正史

滝の途中に突き出た獄門岩にちょこんと載せられた生首。まさに三百年前の事件を真似たかのような凄惨な村人殺害の真相を探る金田一耕助に挑戦するように、また岩の上に生首が……事件の裏の真実とは？

金田一耕助ファイル12
悪魔の手毬唄
横溝正史

岡山と兵庫の県境、四方を山に囲まれた鬼首村。この地に昔から伝わる手毬唄が、次々と奇怪な事件を引き起こす。数え唄の歌詞通りに人が死ぬのだ！　現場に残される不思議な暗号の意味は？

金田一耕助ファイル13
三つ首塔
横溝正史

華やかな還暦祝いの席が三重殺人現場に変わった！　宮本音禰に課せられた謎の男との結婚を条件とした遺産相続。そのことが巻き起こす事件の裏には……本格推理とメロドラマの融合を試みた傑作！

金田一耕助ファイル14
七つの仮面
横溝正史

あたしが聖女？　娼婦になり下がり、殺人犯の烙印を押されたこのあたしが。でも聖女と呼ばれるにふさわしい時期もあった。上級生りん子に迫られて結んだ忌わしい関係が一生を狂わせたのだ――。

金田一耕助ファイル15
悪魔の寵児
横溝正史

胸をはだけ乳房をむき出し折り重なって発見された男女。既に女は息たえ白い肌には無気味な死斑が……情死を暗示する奇妙な挨拶状を遺して死んだ美しい人妻。これは不倫の恋の清算なのか？

角川文庫ベストセラー

喘ぎ泣く死美人　横溝正史

当時の交友関係をベースにした物語「素敵なステッキの話」。外国を舞台とした怪奇小説の「夜読むべからず」や「喘ぎ泣く死美人」など、ファン待望の文庫未収録作品を一挙掲載！

髑髏検校　横溝正史

江戸時代。豊漁ににぎわう房州白浜で、一頭の鯨の腹からフラスコに入った長い書状が出てきた。これこそ、後に江戸中を恐怖のどん底に陥れた、あの怪事件の前触れであった……横溝初期のあやかし時代小説！

真珠郎　横溝正史

鬼気せまるような美少年「真珠郎」の持つ鋭い刃物がひらめいた！　浅間山麓に謎が霧のように渦巻く。無気味な迫力で描く、怪奇ミステリの金字塔。他1編収録。

蔵の中・鬼火　横溝正史

澱んだようなほこりっぽい空気、窓から差し込む乏しい光、箪笥や長持ちの仄暗い陰。蔵の中でふと私は、古い遠眼鏡で窓から外の世界をのぞいてみた。それが恐ろしい事件に私を引き込むきっかけになろうとは……。

雪割草　横溝正史

出生の秘密のせいで嫁ぐ日の直前に破談になった有爲子は、長野県諏訪から単身上京する。戦時下に探偵小説を書く機会を失った横溝正史が新聞連載を続けた作品がよみがえる。著者唯一の大河家族小説！

角川文庫ベストセラー

不死蝶　横溝正史

23年前、謎の言葉を残し、姿を消した一人の女。殺人事件の容疑者だった彼女は、今、因縁の地に戻ってきた。迷路のように入り組んだ鍾乳洞で続発する殺人事件の謎を追って、金田一耕助の名推理が冴える！

蝶々殺人事件　横溝正史

スキャンダルをまき散らし、プリマドンナとして君臨していたさくらが「蝶々夫人」大阪公演を前に突然、姿を消した。死体は薔薇と砂と共にコントラバス・ケースから発見され――。由利麟太郎シリーズの第一弾！

憑かれた女　横溝正史

自称探偵小説家に伴われ、エマ子は不気味な洋館の中へ入った。暖炉の中には、黒煙をあげてくすぶり続ける一本の腕が……！　名探偵由利先生と敏腕事件記者三津木俊助が、鮮やかな推理を展開する表題作他二篇。

血蝙蝠　横溝正史

肝試しに荒れ果てた屋敷に向かった女性は、かつて人殺しがあった部屋で生乾きの血で描いた蝙蝠の絵を発見する。その後も女性の周囲に現れる蝙蝠のサイン――。名探偵・由利麟太郎が謎を追う、傑作短編集。

花髑髏　横溝正史

名探偵由利先生のもとに突然舞いこんだ差出人不明の手紙、それは恐ろしい殺人事件の予告だった。指定の場所へ急行した彼は、箱の裂目から鮮血を滴らせた黒塗りの大きな長持を目の当たりにするが……。

角川文庫ベストセラー

狩人の悪夢　有栖川有栖

ミステリ作家の有栖川有栖は、今をときめくホラー作家、白布施と対談することに。「眠ると必ず悪夢を見る」という部屋のある、白布施の家に行くことになったアリスだが、殺人事件に巻き込まれてしまい……。

濱地健三郎の霊《くしび》なる事件簿　有栖川有栖

心霊探偵・濱地健三郎には鋭い推理力と幽霊を視る能力がある。事件の被疑者が同じ時刻に違う場所にいた謎、ホラー作家のもとを訪れる幽霊の謎、突然態度が豹変した恋人の謎……ミステリと怪異の驚異の融合！

Another（上）（下）　綾辻行人

1998年春、夜見山北中学に転校してきた榊原恒一は、何かに怯えているようなクラスの空気に違和感を覚える。そして起こり始める、恐るべき死の連鎖！名手・綾辻行人の新たな代表作となった本格ホラー。

深泥丘奇談《みどろがおかきだん》　綾辻行人

ミステリ作家の「私」が住む〝もうひとつの京都〟。その裏側に潜む秘密めいたものたち。古い病室の壁に、長びく雨の日に、送り火の夜に……魅惑的な怪異の数々が日常を侵蝕し、見慣れた風景を一変させる。

ドアの向こうに　黒川博行

腐乱した頭部、ミイラ化した脚部という奇妙なバラバラ死体。そして、密室での疑惑の心中。大阪で起きた2つの事件は裏で繋がっていた？　大阪府警の〝ブンと総長〟が犯人を追い詰める！